Louise M. Moran

Darrel & Lou
Socken, Wahnsinn und Methode
Band 3

AF237006

Louise M. Moran

Darrel & Lou

Socken, Wahnsinn und Methode

Band 3

Bibliografische Information der Deutschen
Nationalbibliothek:
Die Deutsche Nationalbibliothek verzeichnet diese
Publikation in der Deutschen Nationalbibliografie;
detaillierte bibliografische Daten sind im Internet über
http://dnb.dnb.de abrufbar.

Herstellung und Verlag:
BoD – Books on Demand, Norderstedt

ISBN 978-3-7528-6088-7

Inhalt

1. Entscheidungen

U nd jetzt beobachten wir gespannt, wie der Fleck ganz langsam größer wird«, schloss Tamsin ihren Bericht über Will, der sich in den Urlaubsplan eingetragen und den dicken Filzstift offen in seine Hemdtasche gesteckt hatte. Wir saßen in unserer Mittagspause auf einer Bank im Park, aßen Sandwiches und genossen die Frühlingssonne.

»Die besten Sachen passieren immer dann, wenn unsere Gruppe Teambesprechung hat. Ich muss doch Tim mal bitten, dass er sich terminlich mit Will abstimmt.«

»Ärgere dich nicht. Dennis dokumentiert alles akribisch und fotografisch mit dem Smartphone für euch«, tröstete mich Tamsin lachend.

»Wie macht er das, ohne dass Will das mitbekommt? – Ach, nein! Wie dumm von mir! Ich ziehe meine Frage zurück!«

»Die Antwort ist: Wir sprechen hier über Will.«

Wir lachten.

»Ich wollte schon immer mal wissen, wie viel Tinte in so einem Stift ist.«

»Mehr, als man für möglich hält«, antwortete Tamsin. »Ich frage mich die ganze Zeit, wie man das nicht merken kann. Man sitzt am Schreibtisch und schaut auch mal an sich hinunter. Da sieht man doch den blauen Fleck auf dem gelben Hemd.«

»Wir sprechen hier…«, begann ich den Satz.

»… über Will!«, beendeten wir ihn gemeinsam und kicherten.

»Darf ich dich mal etwas fragen?« Tamsin sah mich unsicher an.

»Ja, natürlich«, antwortete ich freundlich.

»Wir unterhalten uns jeden Tag, aber eigentlich weiß ich nichts über dich. Ich kenne die Bücher, die du liest, die Theaterstücke, die du magst. Du schwärmst von Museen, die du besucht hast, aber ich frage mich die ganze Zeit: Machst du das allein?«

Ich sah sie erstaunt an und wusste im ersten Moment nicht, was ich sagen sollte. Sie hatte vollkommen recht. Ich erzählte viel von mir, ohne wirklich viel von mir zu erzählen. Das war schon immer eine merkwürdige Marotte von mir gewesen.

»Tut mir leid. Ich hätte nicht fragen sollen.« Tamsin sah mich ängstlich an.

»Nein, mir tut es leid. Ich verschweige mehr, als ich erzähle. Das ist eine dumme Angewohnheit von mir. Ich versuche ständig, Themen zu finden, die dich interessieren könnten …«

»Es interessiert mich sehr, was du erzählst!«, beeilte sie sich, mir zu versichern.

»Die Bücher lese ich logischerweise allein, aber ins Theater und Museum gehe ich mit Darrel. Und manchmal kommen James und Andy mit.« Ich suchte noch immer nach Worten.

»Du hast einen Freund?«, fragte Tamsin verwundert lächelnd. »Seit wann?«

Ich wurde verlegen. »Seit August.«

»Oh, sorry. Ich weiß gar nicht, warum ich immer davon ausgegangen bin, dass du solo bist.«

»Genau genommen bin ich verheiratet«, gestand ich.

»Ihr lebt getrennt?«

Ich sah sie erstaunt an, bis mir klar wurde, was für ein Wirrwarr ich ihr gerade erzählte. Die arme Tamsin konnte ja gar nicht schlau aus mir werden. »Nein, Darrel und ich sind verheiratet. Seit vier Wochen.«

Tamsin sah mich verblüfft an.

»Ich bin aber nicht schwanger«, fügte ich lahm hinzu. Mir wurde bewusst, wie verletzend es für sie sein musste, dass ich es gar nicht erwähnt hatte.

»Du trennst sehr strikt zwischen Privatleben und Beruf«, stellte sie fest und lächelte freundlich.

»Du verstehst das?«, fragte ich ängstlich.

»Ja. Mir geht es ähnlich.« Sie blickte mich nachdenklich an.

»Du bist nicht sauer?«

»Ich hätte dir gern etwas geschenkt, wenn ich es gewusst hätte. Aber eigentlich ist es nicht von Belang. Welche Bücher du liest, sagt letztendlich mehr über dich aus als ein Ring, den du übrigens gar nicht trägst, fällt mir gerade auf.« Sie lachte.

»Wir haben keine Ringe, und ich habe meinen Namen behalten. Das war eine ganz schlichte Sache. Deshalb habe ich auch nur einen Tag freigenommen. Manchmal vergesse ich selbst, dass wir verheiratet sind. Es ist so unwirklich und hat keinerlei Einfluss auf unseren Alltag.« Ich packte die Reste meines Sandwiches in die Brotdose.

»Habe ich dir den Appetit verdorben? Das tut mir leid!«, sagte sie.

»Was denkst du jetzt über mich?«

»Dass du eine Geheimniskrämerin bist wie ich.«
Sie lachte.

»Auf dich wirkt das vielleicht überstürzt ...«

»Oh, nein! Da darf ich mir kein Urteil erlauben!«
Sie blickte auf die Uhr. »Ich glaube, wir müssen zurück.«

Wir standen auf und schlugen den Weg in Richtung Büro ein.

»Eigentlich habe ich nur deshalb gefragt, weil ich wissen wollte, was du abends und am Wochenende so machst. Wir hätten ja mal etwas zusammen unternehmen können«, meinte sie nach einer Weile.

»Das können wir gern. Heute passt es mir zum Beispiel ausgezeichnet. Ich würde ohnehin zwei Stunden allein verbringen, denn Darrel hat ein sehr zeitintensives Hobby.«

Das Schöne an Tamsin war, dass sie in solchen Momenten nie neugierig nachhakte.

Nach der Arbeit bummelten wir ein wenig durch ein Kaufhaus, wo sie ein paar Blusen anprobierte, die aber alle nicht lang genug für sie waren. Große Frauen hatten anscheinend genauso Probleme, passende Kleidung zu finden, wie ich mit meinem kurzen Oberkörper. Das Schneiderhandwerk hatte offensichtlich tatsächlich noch immer eine Daseinsberechtigung. Danach setzten wir uns in ein vegetarisches Restaurant, in das sie häufiger am Wochenende essen ging.

»Weil du heute Mittag gemeint hast, das wirke alles so überstürzt auf mich: Ich war zwar elf Jahre mit meinem Mann zusammen gewesen, bevor wir endlich heirateten, aber nach knapp einem Jahr verließ ich ihn und reichte die Scheidung ein.« Tamsin lachte. »Das wirkt auf Außenstehende sicherlich auch überstürzt.«

Ich war sprachlos.

»Ich sehe richtig, wie du jetzt rechnest. Ich lernte ihn mit siebzehn kennen, war mit achtzehn verlobt und heiratete mit achtundzwanzig. Mit neunundzwanzig verließ ich ihn, und jetzt bin ich dreiunddreißig.« Sie trank einen Schluck Wasser. »Ich war so schrecklich verliebt in ihn, dass ich alles für ihn tat und gar nicht mehr an meine eigenen Bedürfnisse dachte. In der Schule stand für mich fest, eines Tages Tierärztin zu werden. Vermutlich wäre es auch aus anderen Gründen nicht dazu gekommen. Wenn alle Mädchen, die mit dreizehn Tierärztin werden wollen, das auch durchziehen würden, käme eine auf fünf Katzen. Dass ich jetzt Buchhalterin bin, liegt jedoch nicht daran, dass ich mein Herz an Konten verlor, sondern an Alan.«

»Er ist auch Buchhalter?«

»Nein, er studierte und machte einen Abschluss in Business Administration. Seinem Vater gehört ein kleines Unternehmen, das für Supermärkte Gebäck und haltbare Törtchen herstellt. Er soll einmal den Betrieb übernehmen, und ich sollte dort für die Buchhaltung zuständig sein. Damit alles hübsch in der Familie bleibt. Ich war so verliebt! Blind, naiv und verliebt!«

»Du warst sehr jung.«

»Alles lag fix und fertig durchdacht vor mir. Ich konnte ganz bequem mein Gehirn ausschalten und musste nur noch brav machen, was man mir sagte.«

»Deine Eltern waren einverstanden?«

»Sie sind geschieden. Mein Vater war bei meiner Geburt Mitte vierzig. Er verließ seine Familie, als meine Mutter schwanger wurde, und verließ uns, als seine nächste Freundin schwanger wurde. Ihm war es recht, dass ich versorgt war, wie man so schön sagt. Da musste er nicht ewig für mich blechen. Und meine Mutter fing sofort an, die Traumhochzeit zu planen. Dafür hatte sie ja dann zehn Jahre Zeit. Alan hatte es nicht sonderlich eilig mit dem Heiraten.«

»Mit den Hochzeitszeitschriften für John stand ich also mitten im Fettnapf. Dafür habe ich ein Talent!«

»Nein, das war lustig! Ich habe so gelacht! Stell dir vor: Ich habe diesen Kitsch damals todernst mitgemacht. Im Nachhinein kann ich das selbst nicht mehr fassen! Ich habe es jedenfalls nicht übers Herz gebracht, dir das zu erzählen. Es war so schön, ganz unbeschwert darüber lachen zu können.«

»Ich bin noch einmal davongekommen: Du sprichst noch mit mir.« Ich war so dankbar!

»Es ist doch irre komisch! Man wirft sich in Klamotten, die man hinterher nie wieder anziehen kann, mietet ein Auto, für das man sich im Alltag schämen würde, feiert mit Leuten, die man teilweise kaum kennt oder womöglich lieber nicht kennen würde, wenn man es sich aussuchen könnte. Dann fährt man in eine schrecklich stinkende Stadt namens Venedig, und wenn man zurückkommt, starrt dir jeder nur noch auf den Bauch. Dein Gesicht wird nicht mehr wahrgenommen.« Sie lachte.

»Horror!«

»An unserem ersten Hochzeitstag stand ich morgens vor dem Spiegel und sagt mir: *Das war es. Das war dein Leben. Besser kann es nicht mehr werden. Jetzt geht es stetig bergab.* Die Panik vor der bösen Dreißig kam sicherlich erschwerend hinzu.« Sie lachte. »Weißt du, was mir gerade einfiel? Der Rosenbogen mit der riesigen Schleife! Erinnerst du dich an das Heft für John? Der Bogen hätte meiner Mutter auch noch gefallen!«

»Wie hat Alan es aufgenommen?«

»Am Anfang war er stinkwütend. Er musste ja wieder von vorn anfangen, seinen Anteil am Lebensplan seiner Eltern in die Tat umzusetzen. Aber inzwischen ist er verheiratet, hat zwei Kinder: ein Junge und ein Mädchen. Wie im Bilderbuch. Ich denke, er ist glücklich.«

»In der kurzen Zeit? Tüchtig! Und du?«

»Ich bin auch glücklich. Es hätte schlimmer kommen können. Man hätte mich überreden können, Konditorin zu werden und die Backstube zu leiten. Buchhaltung liegt mir da doch mehr.«

Wir lachten.

»Seither lebe ich allein«, fuhr sie fort. »Meine Mutter bekam bei ihrer Scheidung das Haus in Islington. Es besitzt eine kleine Kellerwohnung, in der Alan und ich vor unserer Ehe gelebt hatten. Dort bin ich wieder eingezogen. Nachdem die Hochzeitsplanung zehn Jahre lang ihr Lebensinhalt war, verbringt sie seither ihre Freizeit damit, einen neuen Mann für mich zu suchen. Da bleibt kein Auge trocken.«

»Langeweile kommt nicht auf?« Ich zwinkerte ihr zu.

»Wahrlich nicht. Dabei suche ich gar nicht. Ich möchte nichts Festes mehr. So ab und an ein wenig Spaß wäre schön. Aber ich bin nicht der Typ, der durch Bars zieht und Männer aufreißt. Du siehst: Ich trenne auch strikt zwischen Beruf und Privatleben. Wenn John erfährt, dass ich strenggenommen nur mal so auf ein Abenteuer aus bin, kann ich auch gleich kündigen.«

Wir kicherten.

»Jetzt rede ich aber schon wieder nur von mir, und du hörst zu.« Sie sah mich interessiert an, und ich erzählte ihr ein bisschen aus meinem Leben in London. Ihres fand ich jedoch viel spannender. So ging es mir immer.

»Hallo, Fremde!«, begrüßte mich Darrel, als ich gegen neun nach Hause kam. Er sprang auf, half mir aus der Jacke und beschnüffelte mich von allen Seiten.

»Sitz!«, rief ich. »Braver Hund!«

»Ich sitze doch gar nicht.«

»Du bist trotzdem ein braver Hund, der mich brav beschnüffelt, wie es sich für einen Hund gehört.«

»Ich habe den Namen, den du am Telefon erwähnt hast, nicht richtig verstanden: Thomas oder Tamsin?«, fragte er scheinheilig.

»Und jetzt willst du herausfinden, ob ich nach einem fremden Mann rieche?«

»Man kann nicht vorsichtig genug sein!«

»Zum Glück verwenden alle meine Liebhaber Damendüfte. Man kann wirklich nicht vorsichtig genug sein!«

Darrel schnappte mich und tanzte mit mir durchs Wohnzimmer. Wir gerieten wie jedes Mal umgehend ins Taumeln und landeten auf der Couch.

»Du weißt doch, wie das endet«, rief ich lachend. »Warum gibst du nicht endlich auf?«

»Das endet hier, weil ich führe.«

»Du machst das mit Absicht?«

»Mist! Jetzt habe ich mich verplappert!«

»Wo würden wir landen, wenn du nicht führen würdest?«

»Erst mitten durchs Fenster – Endstation: Straße.«

»Warum versuchst du dann noch immer verzweifelt, mit mir Walzer zu tanzen?«

»Ich wollte nur herausfinden, ob du etwas mit einem Tanzlehrer hast.«

»Woran würde man das erkennen?«

»Dass du nicht mehr so grottenschlecht tanzen würdest.«

»Meinst du ernsthaft, ich würde mit dem tanzen?«

»Sorry. Denkfehler.« Er mimte einen Tränenausbruch. »Huhuhu! Sie betrügt mich mit einem grottenschlechten Tanzlehrer!«

»Sagt der Mann, den auf Facebook eine gewisse Emma *total niedlich* findet und unbedingt beim nächsten Konzert wieder treffen will.«

»Die hat mich eben noch nie morgens vor dem Rasieren gesehen.«

»Da siehst du aber wirklich niedlich aus.« Ich lächelte ihn zärtlich an.

»Findest du?« Er schenkte mir sein Verstandkillerlächeln.

»Nein, natürlich nicht. Ich sage das nur so, um von Thomas, meinem grottenschlechten Tanzlehrer, abzulenken«, flüsterte ich kichernd.

»Sehr clever! Darauf bin ich glatt reingefallen.«

»Und jetzt tröstest du dich mit Emma?«

»Ja. Ich treffe mich morgen mit ihr, um ihr Nachhilfe in Orthografie zu geben. Sie hat es bitter nötig!«

»So nennt man das jetzt?«

»Du …«

»Ich?«

»Tust du mir einen Gefallen?«

»Nein, ich gebe Thomas nicht auf. Niemals!«

»Nimmst du mit mir einen Song auf?«

»Ich kann doch gar kein Instrument spielen.«

»Du sollst ja auch singen.«

»Wie kommst du darauf, dass ich singen kann?«

»Das habe ich so im Gefühl.«

»Wozu brauchst du mich dabei überhaupt?«

»Es ist ein Duett. Ich will das einfach nur aufnehmen, damit es richtig dokumentiert ist. Mehr nicht. Nur du, James und ich.«

»Okay.«

»Ja?«

»Aber wirklich nur für den internen Gebrauch.«

»Ich verspreche es!«

»Okay.«

»Gut, dann gebe ich auch Emma auf. Das hast du dir verdient!«

»Wir können sie mit Thomas verkuppeln.«

»Ist der *total niedlich*?«

»Keiner ist so *total niedlich* wie du, aber die Frau soll sich nicht so anstellen und nehmen, was sie kriegt. Die Zeiten sind hart und werden nicht besser.«

»Endlich weiß ich, was dich in meine Arme getrieben hat!«

»Die pure Verzweiflung. Was sonst?«

***

Dylan zündete sich eine Zigarette an und bot Socks auch eine an.

»Danke!« Socks steckte sie sich zwischen die Lippen und las weiter, ohne sie anzuzünden.

Dylan beobachtete ihn irritiert. »Sarah ist schwanger!«, platzte er nach einer Weile heraus.

»Von wem?«, fragte Socks und las weiter.

»Eigentlich müsste ich dir für die Frage gepflegt eine in die Fresse hauen.«

»Mach's doch. Kann optisch nur eine Verbesserung sein.« Socks steckte seufzend eine abgerissene Ecke der Fernsehzeitschrift als Lesezeichen zwischen die Seiten und legte das Buch weg. Dann nahm er die Zigarette aus dem Mund und betrachtete sie verwundert.

»Das Kind ist von mir!«

»Es hätte auch von ihrem Ex sein können«, rechtfertigte sich Socks und zündete die Zigarette an. »Ich weiß ja nicht, wie schwanger sie ist.«

»Dann würde man es aber schon sehen.«

»Wo?«

»An ihrem Kopf! Frauen tragen ihre Kinder auf dem Kopf. Deshalb gibt es spezielle Umstandshutmode. Mann! Du kannst echt Fragen stellen!«

»Ich habe keinen Blick für so was. Außerdem schaue ich mir doch deine Freundin nicht so genau an.«

»Willst du damit sagen, sie sei fett?«

»Nein, ich will aber sagen, dass ihr offensichtlich zu dusslig zum Verhüten seid.«

»Sie war fest davon überzeugt, keine Kinder bekommen zu können. Die haben all die Jahre nicht verhütet, und nichts ist passiert. Das muss irgendeine psychische Blockade gewesen sein. Bei dem Ehemann ist das kein Wunder!«

»Eine psychische Blockade, die du mit deinem magischen Hammerlächeln gelöst hast?«

»Soll ja vorkommen, dass Frauen plötzlich nach vielen Jahren doch noch schwanger werden. Maggie hofft das auch.«

»Maggie und Sean haben sich aber auch beide untersuchen lassen, und wenn du mich fragst, verschweigen sie uns mindestens zwei Fehlgeburten. Deine Sarah hingegen hat schlicht und ergreifend den Mann ausgetauscht – und Volltreffer!«

»Was willst du denn damit andeuten? Sie ist doch keine Schlampe!«

»Nein, natürlich nicht! Aber sie hat die Schuld ausschließlich bei sich gesucht und alle anderen Möglichkeiten ausgeschlossen.«

»Ihren Mann?«

»Der Kandidat erhält neunundneunzig Punkte! Ab hundert gibt es eine Familienpackung Kondome.«

»Die kommt zu spät.«

»Ja, ich kapiere es echt nicht! Seit der berühmte Chinese Gum Mi eine Zimmerlinde mit einem Kaktus kreuzte, die Stacheln wegzüchtete und somit den Gummibaum erschuf, muss kein Mann mehr Angst vor Sex haben.«

»Für dich ist wie immer alles ein Witz!«

»Sei froh, dass ich das lustig finde. Andere fänden es weniger spaßig, wenn sie plötzlich die Wohnung nicht nur mit einer fremden Freundin, sondern auch noch mit einem fremden Baby teilen müssten.«

»Du meinst, die ziehen bei uns ein?«, fragte Dylan.

»Ich ziehe hier jedenfalls nicht aus.«

»Ich weiß nicht, was ich machen soll.«

»Das sehe ich an deinem dummen Gesichtsausdruck.«

»Ich glaube, ich werde sie heiraten.«

»Dazu sollte sie erst einmal geschieden sein.«

»Oh, Mann! Richtig!«

»Du bist ja völlig durch den Wind!« Socks grinste. »Sie will ihre Wohnung behalten?«

»Sie hat nichts gesagt. Nur geweint.«

»Ich würde auch heulen, wenn ich schwanger wäre, und mein Freund würde mir nicht anbieten zusammenzuziehen.«

»Ich war wie vor den Kopf geschlagen!«

»Halte ihn unter den Kaltwasserhahn, dreh voll auf und schau, ob das Hirn danach funktioniert.«

»Ich kann ihr überhaupt nichts bieten! Keine Ahnung, was moderne Frauen in der Situation erwarten!«

»Davon hat sie auch keine Ahnung. Sie wirkt auf mich nicht sonderlich modern.«

»Dir würde es nichts ausmachen, wenn sie hier einzieht?«

»Nein. Solange ihr in meinem Zimmer keinen Windeleimer aufstellt, könnt ihr im Rest der Wohnung machen, was ihr wollt. Du kannst natürlich auch bei ihr wohnen.«

»Keine Ahnung, ob sie im Schwesternwohnheim Leute bei sich aufnehmen darf. Das ist ja nur ein Zimmer mit Kochecke und Bad. Das wäre ganz schön eng zu dritt!«

»Wem sagst du das? Sean und ich haben die Kiste an einem Abend gestrichen.«

»Was mache ich jetzt?«

»Sie anrufen, Blumen kaufen und hinfahren. Was willst du überhaupt schon hier? Bist du bescheuert? Du kannst doch nicht einfach abhauen, wenn sie dir so etwas erzählt!«

»Ich musste erst einmal nachdenken.«

»Wenn du dein Kind behalten willst, dann denke nicht zu lange nach.«

»Wie meinst du das?«

»Du wolltest doch vorhin wissen, was moderne Frauen tun, wenn sie schwanger sind und der Freund einfach abhaut, nachdem sie es ihm erzählt haben.«

Dylan zog seine Schuhe an, schnappte sich die Jacke und stürzte davon.

Socks drehte sich auf den Rücken und betrachtete die Risse an der Decke. Er blies Rauchkringel und dachte: *Verdammt! Das Rauchen muss ich mir auch endlich abgewöhnen, wenn die hier tatsächlich mit dem Baby einzieht.*

Er stand auf und öffnete das Fenster. Unten fuhren Autos vorbei. An den Nachbarhäusern waren die Vorhänge zugezogen. Er fühlte sich einsam und ausgeschlossen. Seit Wochen war er meist allein in der Wohnung und sehnte sich manchmal geradezu nach den alten Zeiten, als sie die Abende zu viert im Wohnzimmer verbracht und fast ausschließlich Blödsinn geredet hatten.

Darrel und James hatten ihn vor Längerem eingeladen, spontan vorbeizuschauen, sobald ihm die Decke auf den Kopf fiel, aber er kam sich bei ihnen buchstäblich wie das fünfte Rad am Wagen vor. Die vertraulichen Gesten, das einander Anlächeln und die Berührungen, die beide Pärchen ganz unbewusst praktizierten, störten ihn zwar normalerweise überhaupt nicht, doch in sensiblen Momenten waren sie dennoch nur schwer zu ertragen.

Er zog sein Telefon aus der Hosentasche und ging die Nummern durch. Hazel? Sie war in letzter Zeit nicht gut auf ihn zu sprechen, seit sie ihn zufällig mit Lucy gesehen hatte. Die hingegen hatte kürzlich aufgelegt, als sie seine Stimme gehört hatte. Vermutlich erwartete sie, dass man am nächsten Tag und nicht erst nach fünf Wochen anrief.

Heather? Sie war die andere Hälfte des walisischen Folkmusic-Duos *Hazel & Heather* gewesen, das neuerdings wegen künstlerischer Differenzen getrennte Wege ging. Sie hatte ihm vor ein paar Wochen im Beisein von Hazel ihre Nummer aufgedrängt, vermutlich um ihrer Gesangspartnerin eins auszuwischen. Wie weit war sie beim Auswischen bereit zu gehen? Oder hatte sich das inzwischen durch die Trennung erledigt? *Finden wir es doch heraus*, dachte Socks und rief sie an.

»Yep?«

»Hi! Hier ist Socks. Du, kann es sein, dass ich mein Telefon in deiner Wohnung liegengelassen habe?«

»Du warst doch noch nie in meiner Wohnung!«, antwortete Heather verwundert.

»Um das überprüfen zu können, müsstest du mir deine Adresse geben.«

»Und dann kommst du vorbei?«

»… und schaue nach, ob mir die Möbel bekannt vorkommen.«

»Und mit welchem Telefon rufst du mich gerade an, wenn es doch angeblich in meiner Wohnung liegt, die du gar nicht kennst?«, fragte sie lachend.

»Mit einem anderen. Ich komme gern vorbei und zeige es dir, damit du dich selbst davon überzeugen kannst, dass das ein anderes ist.«

»Ich kenne dein Telefon doch gar nicht!« Sie lachte schallend.

»Dann wird es höchste Zeit, dass ich es dir mal zeige. Wie wäre es mit heute Abend?«

»Jetzt gleich?«

»Ja. Je früher, desto besser. Ohne Telefon fühle ich mich irgendwie nackt.«

Sie zögerte.

»Überlegst du gerade, in welcher Straße du wohnst?«, flüsterte er und gab seiner Stimme dadurch eine vertrauliche Nähe. Im Pub war das leider wegen der Umgebungsgeräusche meistens nicht möglich, aber am Telefon hatte es sich mehrfach bewährt.

Ihr Lachen klang unsicher. »Du bist mir ein bisschen zu gefährlich, mein Lieber!«

»Ich? Ich bin doch nicht gefährlich! Wir unterhalten uns ganz normal über völlig unverfängliche Themen. Ich wollte zum Beispiel schon immer mal wissen, wie man ein Duett schreibt. Wir können aber auch über pinkfarbene Pumps diskutieren, wenn dir das lieber ist.«

»Du willst ein Duett schreiben?«

»Ich bin mir nicht sicher. Mit Darrel oder Dylan kann ich das ja schlecht singen. Dazu bräuchten wir eine weibliche Stimme in der Band. Zu der würden die pinkfarbenen Pumps auch besser passen.«

»Okay. Wenn du versprichst, brav zu sein, gebe ich dir meine Adresse.«

»Ich bin immer brav!«

»Na?«

»Ehrenwort! Ich wehre mich nur nicht, wenn eine wunderschöne Frau über mich herfällt. Wer kann es mir verdenken? Ich bin auch nur ein Mensch!«

Er schrieb die Adresse auf, wusch sich, zog frische Sachen an, steckte ein paar Kondome ein und machte sich pfeifend auf den Weg.

***

»Das ist das Mikrofon«, erklärte mir James, »und da singt man rein. Wir haben es hinten eingestöpselt, damit das Gesungene dort wieder rauskommt und nicht auf den Boden kleckert!«

»Und wenn ihr es versehentlich in die Steckdose steckt, dann kommt das Gesungene im Kraftwerk heraus?«, fragte ich mit dümmlichem Gesichtsausdruck. »Es soll doch aber nur für den internen Gebrauch sein!«

»Halt's Maul und sing!«, befahl er gespielt streng und setzte sich hinter sein Schlagzeug.

»Womit wir endlich die Antwort auf die Frage hätten: *Was ist paradox?*«, sagte Darrel und nahm auf einem Barhocker Platz.

»Ich wollte dein Mikrofon ursprünglich tatsächlich in die Steckdose stecken, aber Darrel meint, er braucht dich noch. Wofür, ist mir gerade entfallen.« James grinste.

Zum Glück kannte ich die Melodie bereits, weil Darrel sie öfter im Wohnzimmer gespielt hatte. Nach zwei Durchgängen konnte ich probehalber mitsingen.

»Erschrick nicht!«, warnte mich Darrel, bevor wir uns die Aufnahme anhörten. »Man nimmt die eigene Stimme immer etwas anders war, als sie tatsächlich klingt.«

Die Warnung half nicht. Ich bekam einen hysterischen Lachanfall.

»Eigentlich ist das echt fies«, nörgelte James grinsend. »Wir reißen uns die ganze Zeit zusammen und lassen uns nichts anmerken, und sie nimmt sich das Recht heraus, lauthals zu lachen.«

»Ich klinge wie eine Fünfjährige!«

»Ja, also … Das sollten wir echt löschen.« Darrel grinste. »Gewisse kriminelle Kreise wollen wir mit dem Song nicht ansprechen. Es ist zwar gar nicht von Sex die Rede, aber den Titel *Sleeping by your side* könnte man dennoch so interpretieren.«

»Dass da einer im Pub neben seiner Traumfrau einpennt, erschließt sich nicht jedem, sondern nur Eingeweihten«, bestätigte James grinsend. »Dafür ergehst du dich zu viel in Andeutungen.«

»Ach, darum geht es in dem Song?« Ich sah Darrel lächelnd in die Augen.

»Darum und um ein gewisses Badetuch im Hyde Park«, flüsterte er mir ins Ohr.

Ich lachte. »Deshalb ist das ein Duett!«

»Ich will auch mitlachen!« James zog einen Schmollmund und zwinkerte mir zu.

»Ich kann es gern noch einmal abspielen, wenn du unbedingt lachen willst«, bot Darrel an.

»Nein, danke! Das überfordert mein Zwerchfell!«

»Ich kann versuchen, etwas tiefer zu singen«, schlug ich vor.

»Wir machen ein paar Durchgänge hintereinander und sehen dann weiter.« Darrel zwinkerte aufmunternd. »Wenn du sprichst, merkt man ebenfalls an der Tonhöhe, wie du dich fühlst. Wenn du unsicher bist, ist deine Stimme höher und mädchenhafter. Je lockerer du die Sache siehst, desto erwachsener müsstest du eigentlich klingen.«

»Sachen fallen dir auf!« James schien ehrlich erstaunt zu sein.

»Ist bei dir auch so. Nur ist der Unterschied nicht ganz so ausgeprägt wie bei Lou«, erklärte Darrel. »Und du klingst natürlich nicht mädchenhaft.«

»Er hat den bösen Blick und hört damit alles!« James hielt Darrel die Drumsticks wie ein Kreuz vors Gesicht. »Ich habe Angst vor dir!«

»Zu Recht.« Darrel grinste vielsagend.

***

»Hier ist es schön!« Betty blickte sich in der Teestube des Kaufhauses *Liberty* um. »Kommst du öfter her?«

»Nein, den Tipp habe ich von Lou. Sie war mit ihrer Kollegin kürzlich hier und lässt dich übrigens herzlich grüßen. Ich kenne mich nur mit Pubs und Bars aus«, gestand Socks mit einem jungenhaften Lächeln.

»Grüße Lou bitte von mir. Es ist schön, dass du dir Zeit für mich nimmst.«

»Ich habe es dir angeboten.«

»Jetzt, wo wir hier sitzen, weiß ich gar nicht mehr, was ich genau mit dir besprechen wollte«, meinte sie verlegen.

»Plaudern wir doch einfach über dies und das«, schlug er freundlich vor. »Wie gefiel dir das Buch über Bier, das du bei uns gekauft hast?«

Sie lachte. »*The Birthday Party* von Harold Pinter meinst du? Die Rolle habe ich leider nicht bekommen, aber ich gebe nicht auf. Da bin ich wie Nick.«

»Wie geht es ihm?«

»Er selbst ist okay, aber die Sache mit Tom geht ihm an die Nieren.«

»Ich traue mich gar nicht zu fragen …«

»Wie es Tom geht?«, flüsterte sie. »Schlecht. Er hofft auf ein Wunder. Bauchspeicheldrüsenkrebs und überall schon Metastasen.« Sie kämpfte mit den Tränen.

Socks drückte ihre Hand. »Das tut mir sehr leid.«

Sie schwieg. Als sie sich wieder gefangen hatte, sprach sie weiter. »Er will mit der Band nichts mehr zu tun haben und hat sich zurückgezogen. Er ist nicht sauer auf sie oder so, sondern hat sich lediglich von jedem, der ihn besucht, verabschiedet. Es ist gespenstisch. Er verspricht den Leuten, sich zu melden, wenn es ihm bessergeht. In nächster Zeit will er sich ganz auf seine Genesung und seine Familie konzentrieren. Keiner weiß, ob er es den Leuten damit nur einfacher machen will oder wirklich selbst daran glaubt.«

»Brutal!«

»Das kannst du laut sagen. Nick war fix und fertig. Er hatte mir versprochen, mich beim nächsten Mal mitzunehmen, aber nun gibt es kein nächstes Mal.«

»Belastet dich das?«, fragte Socks.

»Soll ich mal ehrlich sein? Ich bin heilfroh, dass ich ihn so in Erinnerung behalten darf, wie er früher aussah.«

»Wir hatten viel Spaß in Nordengland.«

»Nick denkt auch oft zurück. Ich wäre so gern mitgekommen, aber ich wollte meinen Job nicht riskieren. Ich kann schlecht mein Serviertablett mitnehmen und unterwegs arbeiten.« Sie lächelte traurig. »Lou ist da flexibler.«

»Sie war aber auch ganz schön fertig hinterher.«

»Kann ich mir vorstellen. Nick braucht immer Wochen, bis er sich erholt hat.«

Sie schwieg, und Socks fiel ebenfalls nichts Unverfängliches ein, das er sagen konnte.

»Wie läuft es bei euch?«, fragte sie nach einer Weile.

»Schlecht wie immer«, scherzte er.

»Du untertreibst wie immer. Erzähl mir, was ihr macht.«

»Darrel und James nehmen seit einer Weile Guide-Tracks von sämtlichen Songs auf. Bei ein paar komplizierteren Machwerken war auch Dylan dabei. Wir wollen irgendwann auf eigene Kosten in ein Tonstudio. Es zieht sich ewig hin, weil das Privatleben momentan Vorrang hat. Darrel und Lou haben geheiratet ...«

»Oh? Ist Lou schwanger?«

»Nein, das muss irgendwas mit Liebe zu tun haben. Oder Wahnsinn. Oder wahnsinniger Liebe. Ich kenne mich damit nicht aus. Und James hat neuerdings einen Freund, mit dem er natürlich Zeit verbringen möchte. Aber uns hetzt keiner. Es sei allen gegönnt.«

Betty lächelte. »Andy erwähnte ihn.«

»Du weißt Bescheid?« Socks war erleichtert.

»Die passen gut zusammen. James scheint ihn glücklich zu machen. Nick meint auch, dass Andy jetzt viel lockerer drauf ist.« Sie dachte kurz nach. »Es kann natürlich auch daran liegen, dass sein Vater in Ruhestand gegangen ist. Der saß ihm wohl auf Schritt und Tritt im Nacken.«

»Klingt anstrengend.«

»Für Nick und die anderen ist der Wechsel ein Glücksfall. Andys Vater würde ihnen ständig mit irgendetwas in den Ohren liegen. Andy meinte lediglich, sie sollen Bescheid sagen, wenn sie wieder weitermachen wollen. Es geht ja nicht nur um Tom. Zwei sind momentan krankgeschrieben. Du kannst dir sicher denken, was ich meine.« Betty lächelte verlegen.

»Ja, natürlich. Ich hoffe, sie haben Erfolg.«

»Die Sache mit Tom belastet alle. Aber ich glaube fest an einen Neuanfang ohne Alkohol. Allerdings steht die unausgesprochene Frage im Raum, wer Tom ersetzen soll. Es klingt makaber, aber damit müssen sie ohnehin warten.«

»Eine schwere Entscheidung!«

»Sie können den Fans nicht fröhlich pfeifend einen Ersatz vorstellen, während Tom im Sterben liegt. Schon allein deshalb ist es klug von Andy, alles ruhen zu lassen. Sonst muss er womöglich als Sündenbock herhalten. Von wegen: Unser Manager hat uns gezwungen weiterzumachen.«

»So ist Andy auch nicht.«

»Nein. Ein herber Verlust wird die Pause für ihn ohnehin nicht sein.«

»Es lief schlecht?«

»Dir kann ich das ja sagen.« Sie blickte auf die Uhr. »Sei mir nicht böse, aber ich muss los. Es war so schön, mit dir zu plaudern.«

»Das können wir gern mal wieder machen. Ruf mich an.«

»Okay.« Betty lächelte freundlich, legte einen Schein auf den Tisch und ging.

Socks trank in Ruhe seinen Tee aus.

Draußen auf der Great Marlborough Street hatte er plötzlich das dringende Verlangen, wie der Typ in seinem Song an jeder Laterne stehenzubleiben und den Kopf dagegen zu schlagen. Arthur's Wharf brauchten spätestens in einem Jahr einen neuen Leadgitarristen. Und ein produktiver Songwriter würde ihnen sicher auch nicht ungelegen kommen. Darrel hingegen war Meister darin, Chancen zu erkennen und zu nutzen. Und er hatte noch nie ein Problem damit gehabt, sich an Socks' Musikstil anzupassen.

Da sah er plötzlich Nick vor seinem geistigen Auge, der beim Soundcheck fröhlich mit Tom scherzte, der nachts geduldig Tom die Eingangstreppe des Hotels hoch half, der mit Tom freundlich lächelnd im Proberaum auf Darrel und Dylan wartete. Socks blieb stehen und lehnte sich an eine Laterne. Nick würde ganz bestimmt nicht einfach so weitermachen. Socks konnte sich zumindest seine eigene Band nicht ohne Darrel vorstellen. Und Darrel war kein Aasgeier.

2. Neuigkeiten

Am Freitag hatte James Pute-Ananas-Reis-Kokosmilch-Durcheinander gekocht, das ich sehr mochte. Das Essen war bei mir tagsüber ohnehin zu kurz gekommen. Mittags hatte ich mir in der Teeküche nur rasch ein Sandwich reingeschoben. Für das zweite war keine Zeit gewesen, da mich Tim spontan zu einem Kundengespräch geholt hatte. Manchmal hatte ich den Eindruck, dass die Anwesenheit einer Frau als besänftigend empfunden und das von Tim schamlos ausgenutzt wurde. Tamsin hatte ich nur schnell den Namen und die Adresse eines Pubs aufgeschrieben. Seit ich ihr von der Band erzählt hatte, wollte sie unbedingt einmal zu einem Gig kommen. Am Samstag sollte es endlich wahrwerden.

Ich ließ mir von Maggie ausnahmsweise einen zweiten Nachschlag geben, weil ich völlig ausgehungert war und ohnehin in letzter Zeit etwas Gewicht verloren hatte. Es wunderte mich, dass James und Darrel noch immer mit ihrer ersten Tellerfüllung beschäftigt waren. Bei Darrel schob ich es aufs Lampenfieber, obwohl das dann früher als sonst eingesetzt haben musste. Bei James war es jedoch ungewöhnlich. Er sah auch ein wenig blass aus. Hoffentlich wurde er nicht krank.

Sarah war hingegen gut im Futter. Sie glich entweder abends die Verluste durch die Morgenübelkeit aus oder schuf eine solide Grundlage für die nächste. Ich kannte mich damit nicht so genau aus.

Seit ein paar Tagen wohnte sie mehr oder weniger bei Dylan im Zimmer, und ich fragte mich, wie lange es noch dauern würde, bis sie offiziell einzog.

Es klingelte. Ich stand auf, weil ich am nächsten an der Tür saß, seit Sarah den Platz neben Dylan innehatte. James war jedoch schneller. Ich hätte mir denken können, dass er Andy erwartete. Der kam herein, grüßte freundlich und setzte sich neben James.

Maggie sprang auf, um in der Küche einen Teller zu holen.

»Lass ihn doch erst mal ankommen!«, rief ihr James hinterher, aber er hätte es genauso gut auch einer Katze erzählen können. Die hätte ihn zumindest interessiert angesehen und erst danach ignoriert. Maggie füllte den Teller und stellte ihn mit einem strahlenden Lächeln Andy vor die Nase. Irgendetwas stimmte nicht. Andy betrachtete den Eintopf. Dann verbarg er sein Gesicht in den Händen.

James stand auf und legte ihm den Arm um die Schulter. »Komm! Du musst nichts essen. Wir gehen aufs Zimmer.« Sie zogen sich zurück, und Maggie saß da wie vom Donner gerührt.

»Er war vorhin bei Tom«, erklärte Darrel.

Da verging mir auch schlagartig der Appetit.

Ich kippte die ganzen Reste in die Tonne, was bei uns normalerweise nicht vorkam, aber keiner sollte mehr auf dieses Essen starren und dabei an Tom denken müssen. Andy konnte sich Porridge machen oder Kekse haben, wenn er später Hunger bekam. Die anderen gingen in ihre Wohnungen. Als

Socks ein wenig verloren neben dem Tisch herumstand, ermunterte ich ihn, ein bisschen bei uns zu bleiben, aber er wollte sich umziehen und allein ausgehen.

Uns war nicht nach Unternehmungen zumute. Darrel und ich setzten uns auf die Couch und kramten in Erinnerungen an Nordengland. Doch dadurch kamen wir noch mieser drauf. So lagen wir am Ende einfach nur eng umschlungen da, und jeder hing seinen Gedanken nach.

Als wir James' Tür hörten, setzten wir uns auf. Die beiden kamen zu uns, und wir rutschten zur Seite, um ihre üblichen Plätze freizumachen.

James befühlte den Bezugsstoff. »Mmh! Noch warm!«

Wir anderen lächelten gequält. Darrel ging in die Küche und kochte Tee.

»Früher brachten wir in der Agentur immer den dummen Spruch: *Ich würde auch gern eine Band gründen, aber ich vertrage keinen Whisky*«, erzählte Andy nach einer Weile und betrachtete seine Hände, die er nervös knetete.

James legte ihm den Arm um die Schultern und zog ihn zu sich heran. »Im Nachhinein sucht man Ursachen und Gründe. Hätte man etwas besser machen können? Hätte man es verhindern können? Oder ihm helfen müssen? Wir sind alle erwachsen. Bis zu einem gewissen Grad haben wir unsere Lebensbedingungen selbst im Griff. Der Rest ist Zufall.«

Darrel brachte das Teetablett, goss ein und verteilte Becher. Er öffnete eine Kekspackung und legte sie mit der Öffnung zu Andy. Inzwischen hatte er Erfahrung mit appetitlosen Leuten.

»Was hat seine Krebserkrankung mit seiner Alkoholsucht zu tun?«, fragte ich verwirrt.

»Alles und nichts«, erklärte mir James. »Kann sein, dass er so oder so Krebs bekommen hätte. Aber Rauchen und Trinken zählen bei vielen Krebsarten zu den Risikofaktoren. Und da beginnt das Gedankenkarussell: Was wäre, wenn? Manche qualmen und saufen, was das Zeug hält, und werden neunzig. Andere erkranken jung an Krebs und haben nie geraucht und kaum getrunken.«

»Man sieht jahrelang zu und kann absolut nichts tun«, flüsterte Andy. »Als ich heute bei ihm war, zeigt er mir einen Zeitungsausschnitt über ein Medikament, das in ein paar Jahren auf den Markt kommen soll. Das war alles so vage geschildert, aber er will sich dort unbedingt melden, sobald die Testphase beginnt. Bis dahin soll ich ihn nicht mehr besuchen, weil er sich mit seiner Familie in Ruhe vorbereiten muss. Ich wusste echt nicht, was ich dazu sagen sollte.« Andy nagte an der Unterlippe und schwieg.

Nach einer Weile fuhr er fort: »Sein Sohn hat mich hinausbegleitet und mir an der Tür gesagt, was wirklich Sache ist: Wir reden hier von Wochen und nicht von Monaten. Er war total ruhig und wirkte in dem Moment gespenstisch erwachsen. Dabei geht der noch zur Schule, soviel ich weiß.«

»Wir sollten irgendetwas machen, um auf andere Gedanken zu kommen. Vorschläge?« Darrel blickte ernst in die Runde.

»Abendspaziergang?«, fragte ich. »Es sieht draußen trocken aus.«

Wir zogen uns an und spazierten im Schein der Laternen durch die Straßen. Die kühle Luft tat mir gut. James und Andy gingen vor uns Arm in Arm. Wir machten es ihnen nach. Plötzlich blieb James ruckartig stehen und begann, etwas von seiner Schuhsohle an der Gehwegkante abzukratzen.

»Endgültig alles Scheiße heute!«, schimpfte er.

***

Socks blickte sich im Pub um und schlenderte danach lässig zu einem Tisch. »Guten Abend, die Damen!«

»Hi! Lange nicht gesehen!« Betty lachte.

»Muss Ewigkeiten her sein. Mindestens zwei Tage.«

»Setz dich zu uns, oder bist du verabredet?«

»Ich will euch nicht stören.« Socks lächelte jungenhaft.

»Du störst doch nicht! Das ist Socks«, stellte sie ihn ihren Begleiterinnen vor. »Er ist in der Band, die mit Nicks Band in Nordengland war. Und das sind Amy, Mia und Olivia! Wir waren alle zusammen auf der Schauspielschule.«

»Welches Instrument spielst du?«, wollte Olivia wissen.

»Keines. Deshalb muss ich zur Strafe singen.« Socks zeigte ein mitleidheischendes Gesicht, und die Frauen lachten.

»Du hast eine sehr angenehme Stimme«, meinte Amy lächelnd.

»Das hier ist gar nichts.« Er machte eine weg-werfende Handbewegung. »Du solltest mich erst hören, wenn ich Helium eingeatmet habe. Da singe ich wie ein junger Gott. Ein sehr junger Gott.«

»Machst du das tatsächlich?«, fragte Betty lachend.

»Wenn es die Glaubhaftigkeit des Texts verlangt, bin ich zu jedem Opfer bereit.« Er zwinkerte Olivia zu. Die Frauen kicherten.

»Dem darf man nicht alles glauben!«, warnte Betty ihre Begleiterinnen. Sie hielt stirnrunzelnd inne und zog ihr Telefon aus der Tasche. »Oh! Ich muss mal kurz raus und telefonieren.«

Ihre drei Kolleginnen unterhielten sich weiter mit Socks, bis Betty zurückkam und ihre Jacke holte. »Tut mir schrecklich leid, aber ich muss weg. Emily sitzt wegen der Großen in der Notaufnahme und möchte, dass ich die Kleine abhole und zu Hause ins Bett bringe. Das zieht sich wohl alles ewig hin.« Zu Socks sagte sie: »Ich arbeite ab und zu als Babysitter. War schön, dich so bald wieder zu treffen. Ich ruf dich demnächst irgendwann mal wieder an.« Sie verabschiedete sich und sprintete los.

Socks zog lächelnd eine Mundharmonika aus der Innentasche seines Jacketts und legte sie vor sich auf den Tisch.

»Also spielst du doch ein Instrument!« Olivia lachte.

»Nennt mich Peter Pan!« Socks schaute herausfordernd in die Runde.

»Hatte der eine Mundharmonika?« Mia kicherte.

»Hatte der nicht eine Panflöte?«, erkundigte sich Olivia.

»Kommt die Panflöte nicht eher von dem Gott Pan?« Amy blickte skeptisch.

»Ist das ein anderer?«, fragte Olivia verunsichert.

»Pan ist der ägyptische Gott für Pauken und Trompeten«, behauptete Socks und zwinkerte Amy zu.

»Dann kommt die Panflöte also doch von Peter Pan!« Olivia sah Amy triumphierend an.

Amy und Mia verabschiedeten sich bald, und Socks erklärte Olivia, wie man eine Mundharmonika spielte. Dass er selbst erst einmal probeweise hineingeblasen hatte, brauchte er dabei nicht zu erwähnen, denn sie hörte ihm fasziniert zu.

Als Socks gegen zwei Uhr morgens Olivias Wohnung verließ, klopfte er sich kurz auf die Hose, um zu prüfen, ob er sein Mobiltelefon wirklich wieder eingesteckt hatte, nachdem sie ihm ihre Nummer diktiert hatte. Das war der erste Eintrag mit O, fiel ihm dabei ein. Konnte so ein Register eigentlich auch irgendwann einmal voll sein? Was tat man dann? Den ganzen Kram löschen? Oder ein neues Telefon kaufen? Er schmunzelte über sich selbst und seine irren Ideen zu später Stunde und machte sich auf den Heimweg.

Viertel nach sieben wachte Socks auf, weil sich Sarah nebenan im Bad übergab. *Hoffentlich ist das Baby bald da, damit ich meine Ruhe habe!*, schoss es ihm im Halbschlaf durch den Kopf. Erst als er richtig wach war, wurde ihm bewusst, was wirklich auf ihn zukam. Er vergrub sein Gesicht im Kissen und stöhnte.

***

»Ich hoffe, du bist mir nicht böse!«, sagte Tamsin, als wir am Montagmittag zur Abwechslung mal wieder das vegetarische Restaurant aufsuchten.

»Warum sollte ich dir böse sein?«, fragte ich erstaunt. »Ich fand es sehr nett von dir, dass du mir per SMS abgesagt hast. Sonst hätte ich mir vielleicht doch Sorgen gemacht, dass du im Gewühl verloren gegangen bist.« Ich lachte.

»Ich war ohnehin schon spät dran, und dann hielt mich auch noch meine Mutter auf. Angeblich brauchte sie nur ein Heftpflaster, aber ich machte ihr dann doch einen Druckverband und schickte sie zum Arzt. Das klingt nach ein paar Minuten, aber du kannst dir nicht vorstellen, wie lange wir diskutierten.«

»Doch. Kann ich.« Ich grinste.

»Ich glaube, ich wandere auch ins Ausland aus! Manchmal könnte ich echt neidisch werden!« Sie verdrehte die Augen. »Als ich endlich bei euch ankam, war schon alles voll, und ich stand lieber ganz hinten. So hatte ich mir das nicht vorgestellt!«

»Das ist auch nicht normal. Keine Ahnung, warum die Leute bei manchen Bands so nach vorn drängen. Es ist ja nicht so, dass man hinten nichts hören würde. Bei anderen Gruppen wird sogar nicht einmal das Mobiliar zusammengeräumt. Die

Leute sitzen da ganz gemütlich im Pub und hören zu. «

»Wenn ich ehrlich bin, hatte ich mir die Musik auch anders vorgestellt.«

Wir lachten beide.

»Es ist nicht jedermanns Sache! Ich hatte dich gewarnt!«

»Tja, wer nicht hören will, muss zuhören.«

»Was hast du den Rest des Abends gemacht?«

»Oh! Ich bin geblieben!« Tamsin lächelte versonnen.

»Tapferes Mädchen!«

»Ich wollte dich doch treffen!«

»Ich fühle mich geschmeichelt. Was hielt dich davon ab?«

»Stan.« Sie kicherte verlegen.

»Stan?«

»Also das war so: Ich stand da hinten herum und wunderte mich ...«

»Ist das Kunst oder kann das weg?«

Sie lachte. »So ungefähr. Ich höre normalerweise mehr so langsame Schmusemusik.«

»Da bist du bei denen aber völlig falsch!« Ich kicherte.

»Das weiß ich jetzt auch. Irgendwann wurde mir klar, dass es nebenan genauso laut war, man aber bequem sitzen konnte. Also setzte ich mich seitlich an die Bar und nippte an einem Weißwein. Hätte ich jeden Drink angenommen, der mir im Laufe des Abends angeboten wurde, würde ich noch immer mit Alkoholvergiftung in der Klinik liegen. Aber der Barkeeper war nett. Nachdem ich ihm erklärt hatte, dass ich auf euch warte, half er mir, die Typen wegzuschicken. Da waren vielleicht ein paar Gestalten dabei!«

»Ganz, ganz tapferes Mädchen!«

»Ja, ich gehöre eben zu den Harten!«

»Und dann kam Stan?«

»Ja. Ich kann es nicht erklären. Eigentlich war ich nach dem Konzert schon im Begriff, dir eine SMS zu schicken, wo ich euch treffen kann. Ich trank nur noch mein Glas aus, und da stand er plötzlich neben mir und lächelte mich schief an.«

»Und es war um dich geschehen.«

»So in etwa.«

Wir kicherten.

»Er ist überhaupt nicht mein Typ!« Tamsin verdrehte hilflos die Augen. »Aber er war so witzig! Er behauptete, für den Pub-Sicherheitsdienst zu arbeiten und wollte mein Glas überprüfen.«

Ich lachte schallend.

»Er meinte: *Eindeutig leer! Dagegen müssen wir dringend etwas unternehmen!*«

»Was hast du geantwortet?«

»Nichts! Ich musste so lachen, dass ich nicht sprechen konnte. Er klopfte noch den Tresen ab und überprüfte die Festigkeit meines Barhockers, während ich drauf saß, aber ohne mich zu berühren. Ich habe geradezu darauf gewartet, ihm eine scheuern zu können, aber nichts war's!«

Wir lachten.

»Da hatte er mich psychisch schon am Wickel«, fuhr sie fort. »Weißt du, er ist zwar vom Aussehen her nicht mein Typ, aber das war genau der Spaß, den ich wollte.«

»Ist doch okay.«

»Eigentlich nicht. Ich bin nicht wirklich ober-flächlich. Aber mir fehlt momentan die Motivation, diesen ganzen Kram von vorn zu beginnen: Kennenlernen, ausgehen, zusammenziehen, heiraten. Du kannst das wahrscheinlich nicht nachvollziehen.«

»Doch. In deiner Situation würde ich vielleicht genauso denken. Nur weil ich einen anderen Weg gehe, muss er nicht automatisch der einzig richtige für jeden sein.«

»Da ist was dran.« Sie betrachtete mich nach-denklich.

»Wie ging es weiter«, fragte ich gespannt und wurde mir meiner Neugier bewusst. »Sorry! Ich will dich natürlich nicht ausfragen.«

»Nein, mach dir keinen Kopf. Ich habe ja davon angefangen. Er erkundigte sich, ob ich mich sicher fühle, oder er mich zur Sicherheit beschützen solle. Nachdem er die Überprüfung des Pubs abgeschlossen hatte, musste er noch ein paar Häuser weiter die Sicherheit einer Bar überprüfen und fragte mich, ob ich ihn als Testsitzerin auf den dortigen Barhockern unterstützen möchte. Um es kurz zu machen: Am Ende überprüfte er noch die Sicherheit meiner Eingangstür, meiner Couch und meines Bettes.«

»Sehr gründlich dieser Sicherheitsdienst!« Ich kicherte.

»Ja, man kann ihm keine Nachlässigkeit vorwerfen.« Sie lachte. »Und alles kostenlos. Ein toller Service! Mir war von Anfang an klar, dass er das öfter macht und ich ihn nie wiedersehen werde, aber es war schön. Wirklich schön.«

»Wenn du es angenehm in Erinnerung hast, ist es doch in Ordnung. Ein gelungener Abend.«

»Nicht ganz gelungen. Als er ging, lief er zu guter Letzt meiner Mutter in die Arme.« Sie lachte lauthals.

»Nein!«

»Sie leidet an Schlaflosigkeit und hörte irgendwo draußen eine Katze schreien. Kann man sich ja denken, was die Katze wirklich gemacht hatte. Die hatte wohl ebenfalls Frühlingsgefühle! Aber meine Mutter hatte sich in den Kopf gesetzt, das arme Tier sei verletzt oder irgendwo gefangen, und schaute nach.«

»Und was meinte sie zu Stan?«

»So ein höflicher junger Mann! Tadellose Manieren! Ich soll ihn unbedingt nächsten Sonntag zum Essen einladen! Das hätte sie mal gleich an Ort und Stelle erledigen sollen, denn ich kenne weder seinen Nachnamen noch seine Telefonnummer. Ich bringe es nur nicht übers Herz, ihr das zu sagen.«

Ich lachte Tränen, und sie ließ ihrer Heiterkeit ebenfalls freien Lauf.

»Ich halte nichts davon, so einem Mann meine Nummer aufzudrängen«, erklärte sie, als wir uns wieder im Griff hatten. »Der löscht die ja doch nur umgehend. Oder noch schlimmer: Er ruft aus Pflichtgefühl an. Und was sagt man ihm dann? War schön mit dir? Gern mal wieder einen von deiner Sorte?«

»Von *dieser Sorte* haben wir im Haus auch einen zu bieten, wenn ich es mir so überlege.« Ich kicherte.

»Groß, blond, blauäugig?«

»Ja, das hatten wir bis vor wenigen Monaten tatsächlich ebenfalls im Angebot. Der ist aber inzwischen vergriffen, vergeben und wird Vater.«

»Ah! Nein! Nicht die häusliche Sorte!« Tamsin schlug sich die Hand auf den Mund, weil die Leute an den Nebentischen neugierig zu uns herübersahen. Sie fügte leiser hinzu: »Ich muss wohl meine Ansprüche an das Äußere etwas zurückschrauben.«

»Du kannst dir unser anderes Exemplar am Freitag bei uns ansehen. Da feiere ich meinen Geburtstag und möchte dich gern einladen.«

»Oh, das ist lieb von dir! Bist du sicher?«

»Ja, natürlich. Kauf mir aber bloß nichts, was Platz braucht! Irgendeine Kleinigkeit, die auf irgendeine Weise verbraucht wird, genügt vollkommen. Wir wohnen sehr beengt und kaufen einander entweder gar nichts oder lauter nützliche Dinge.«

»Etwas Nützliches, das nicht dumm in der Gegend herumsteht? Interessante Aufgabe! Da brauche ich gar nicht erst in einen Geschenkeshop zu gehen, denn dort finde ich ausschließlich das Gegenteil.«

***

»Was machst du hier?«, fragte Sean erstaunt, als er vom Joggen kam.

»Siehst du doch: Ich gebe meiner Lunge den Rest. Soll sie sehen, was sie davon hat, meine zu sein, die Pottsau!« Socks zog an der Zigarette und sah sich den Himmel an.

»Auf der Außentreppe?«

»Ich kann ja schlecht eine Schwangere vollqualmen. Dafür ist der werdende Vater zuständig. Das mit der Schwangerschaft hat er schließlich auch ohne fremde Hilfe hingekriegt.«

»Er raucht drinnen und du draußen?«

»Ich will jedenfalls nicht schuld sein, wenn sein Kind einen Schaden hat. Reicht, wenn das arme Würmchen väterlicherseits mit Tanzwut genetisch vorbelastet ist.«

»Ich gehe unter die Dusche. Schaust du nachher mal bei mir rein, wenn du fertig bist mit dem Rauchen?«

»Der Zigarette? Oder sobald ich mir das Rauchen abgewöhnt habe?«

»Der Zigarette natürlich. Ich würde dich gern noch in diesem Leben sehen.«

Es klopfte. Sean öffnete die Wohnungstür.

»Man ruft mich. Hier bin ich.« Socks lächelte jungenhaft.

»Komm rein und setz dich.«

»Wo ist Maggie?«

»Die arbeitet heute lang. Lou kocht.«

»Super! Die kocht nur und nötigt nicht.«

»Eigentlich müsste ich jetzt empört widersprechen, aber wir sind ja unter uns.« Sean lächelte verschmitzt.

»Betrachten wir es als erfolgt.« Socks grinste.

»Danke. Ich wollte dich mal ganz dreist ausfragen, was ihr da oben vorhabt.«

»Wir verpfuschen unser Leben und haben Spaß dabei.«

»Sarah will demnächst endgültig bei Dylan wohnen, hat sie mir erzählt.«

»Ja. Die zwei wollen einziehen. Sie freiwillig. Das Kind notgedrungen. Es ist noch zu klein, um zu begreifen, was es auf sich nimmt. Und momentan scheinen die beiden ohnehin unzertrennlich zu sein.«

»Weißt du, was du auf dich nimmst?«

»Mein Hirn sträubt sich noch gegen die Wahrheit, aber im Großen und Ganzen: ja.«

»Das heißt, du wohnst in deinem Zimmer, und die schlafen zu dritt in Dylans?«

»Keine Ahnung, wie die sich das aufteilen wollen, aber mindestens einer von denen sollte besser aufs Wohnzimmer ausweichen. Ruckzuck ist ein Auge blau, wenn man mal nachts aufs Klo muss. Und hinterher will es keiner gewesen sein. Glaub mir, ich kenne mich aus.«

»Ach, du überlässt ihnen auch das Wohnzimmer?«

»Mein Schlafzimmer kriegen sie jedenfalls nicht.« Socks machte absichtlich ein dummes Gesicht und fragte sich, was das alberne Verhör sollte.

»Das verlangt keiner.«

»Ganz herzlichen Dank!« Socks schüttelte Seans Hand mit einem ergriffenen Gesichtsausdruck und wandte sich zum Gehen.

»Hiergeblieben! Und hingesetzt! Können wir mal wie Erwachsene über die Sache reden?«

»Wozu? Es geht doch um ein Kind. – Okay!« Socks setzte sich in den Sessel, schlug die Beine übereinander und wippte mit dem Fuß.

Sean verdrehte die Augen, ging aber nicht darauf ein. Stattdessen sagte er ganz ruhig: »Ich mache mir Gedanken, wie wir alle Bedürfnisse unter einen Hut bekommen. Dafür brauche ich Zeit. Ich möchte dich bitten, dass du nichts überstürzt.«

»Das hättest du mal besser Dylan und Sarah sagen sollen. Einmal was überstürzt, und nun haben wir den Salat.« Socks grinste.

»Ja, ich habe mich auch schon gefragt, ob ich euch sorgfältig genug aufgeklärt habe.«

»Oh, nee! Noch sorgfältiger ging echt nicht mehr!« Socks legte den Kopf in den Nacken und betrachtete den Stuck an der Decke.

»Ihr wart sehr jung, als ihr hier eingezogen seid. Ich habe mir große Mühe gegeben, euch auch ein wenig die Eltern zu ersetzen. Aber ich war damals nicht viel älter als du.«

»Du hast das ganz toll gemacht!« Socks klopfte ihm anerkennend auf die Schulter. »Es vergeht kein Tag, an dem ich beim Anblick der Bananen in Lous verdammter Obstschale nicht an Kondome, Schwangerschaft und AIDS denke. Und das verdanke ich alles nur deinem unermüdlichen Einsatz und deiner äußerst anschaulichen Demonstration. Hättest du dafür nicht eine Papaya nehmen können? Die mag ich nicht.«

Sean lachte. Dann wurde er wieder ernst. »Ich möchte nicht, dass du das Gefühl bekommst, hier für andere Platz machen zu müssen. Du warst zuerst da. Nein, du sagst jetzt nicht, dass du deshalb auch als Erster gehen musst.«

»Du kennst mich zu gut!«

»Ich kenne deine dummen Sprüche zu gut, mit denen du solchen Diskussionen aus dem Weg gehst. Es ist hier eng, und es wird noch enger werden, aber es ist genug Platz da. Wir müssen die Sache nur mal etwas umorganisieren. Ich habe gestern mit denen unten gesprochen. Die hocken sich ja dermaßen gegenseitig auf dem Hals! Man mag gar nicht glauben, dass die einander noch nicht an die Kehle gegangen sind, aber die haben mir versichert, dass sie das genau so wollen.«

»Die haben irgendeinen Vollschaden. Mich laden sie auch noch ständig ein.«

»Und gehst du hin?«

»Ich fühle mich da irgendwie überflüssig.«

»Und oben fühlst du dich inzwischen noch überflüssiger?«

»In meinem Zimmer? Nö! Dort bin ich von allen Anwesenden mit Abstand der Beliebteste.«

»Ach, Sam. Geh doch einmal aus der Deckung!«

»Okay. Aber nur, wenn du mich nicht Sam nennst.« Socks sah ihn ernst an.

»Sorry. War nicht böse gemeint.«

»Kein Problem.«

»Wie gesagt: Ich mache mir Gedanken, und ich führe, wie du siehst, Einzelgespräche. Demnächst werde ich mit euch allen sprechen und euch einen Vorschlag unterbreiten. Bitte such dir bis dahin keine Wohnung. Ja?«

»Du kennst mich zu gut.«

»Ja. Deshalb habe ich Maggie auch ausgeredet, dich hier aufzunehmen.«

»Wahhh! Wie kommt sie denn auf die Idee? Ich dachte, die Hausordnung verbietet Messerstechereien?«

»Ich habe ihr auch gesagt, dass das langfristig nur einer von euch überlebt. Sie wollte daraufhin Wetten annehmen. Aber im Ernst: Wir werden das zweite Zimmer wahrscheinlich nie als Kinderzimmer brauchen. Maggie freut sich unheimlich auf Sarahs Baby und will alles dafür tun, dass die drei auf Dauer im Haus wohnen.«

»Dann macht doch einen Durchbruch und verbindet das Kinderzimmer mit der oberen Wohnung. Dann könnt ihr das Baby dort einquartieren, in einer Babyschaukel hoch- und runterziehen und euch teilen. Halt! Nee! Darüber liegt ja mein Zimmer!«

»Ja, wir haben zufällig die Kinderzimmer übereinander angeordnet.« Sean grinste. »Ich habe aber ernsthaft über eine Verbindung zwischen eurem Wohnzimmer und dem Dachboden nachgedacht. Aber das muss ich mir gut überlegen. Das klingt nach Arbeit.«

»Darrel wollte mal da oben schlafen.« Socks lachte.

»Hattet ihr euch gestritten?«

»Nee, James brachte Max mit, damit wir ihn kennenlernen. Irgendwann huschte Darrel ins Bad, um sich die Zähne zu putzen, dann zog er seine Jacke an, schnappte sich den Schlafsack und wollte sich heimlich verdrücken. Ich bekam das mehr zufällig mit. Du weißt ja, wie unscheinbar er anfangs durch die Gegend schlich. Ich bekam Panik! Ich dachte echt, der sucht sich jetzt irgendwo einen überdachten Hauseingang!«

»Ach, du Schande!«

»Ja, genau! Ich lief ihm hinterher. Aber er war gar nicht auf dem Weg nach unten, sondern auf der Dachbodentreppe. Immer praktisch veranlagt, unser Darrel! Ich sagte: *Spinnst du? Da oben ist es saukalt!* Und er meinte nur: *Der Schlafsack ist für Minusgrade ausgelegt.* Ich habe ihn trotzdem am Kragen gepackt und zusammen mit seiner Matratze in mein Zimmer verfrachtet. Die anderen haben das gar nicht mitbekommen.«

»Ich habe mir da lange Zeit ernsthaft Sorgen gemacht.«

»Dass er auf die Straße zurückkehrt?«

»Nein, dass James aus dem Fenster springt, sobald Darrel eine Freundin mitbringt.«

»Du hast das Drama mitbekommen?«

»Es war nicht zu übersehen. Ich war heilfroh, als James sich in Max verliebte. Wahrscheinlich ging es Darrel ähnlich.«

»Der hat wohl nur mal wieder eine Chance erkannt und genutzt. Und ich dachte, der fühlt sich überflüssig und unwillkommen.« Socks lachte.

»Es muss ein merkwürdiges Gefühl sein, wenn jemand, den man als Freund schätzt, einem Gefühle entgegenbringt, die man nicht erwidern kann. Ich frage mich, was aus dem berüchtigten Skizzenbuch mit den vielen Darrel-Zeichnungen geworden ist.«

»Das hat James Lou zur Hochzeit geschenkt.«
»Wie bitte?«

»Besser, als es zu verbrennen. Die Zeichnungen sind genial!«

»Ich wollte ihn immer mal fragen, ob ich es in Verwahrung nehmen soll, bevor Andy es zufällig findet.« Sean schaute schuldbewusst zu Boden. »Das habe ich total vergessen.«

»Warum? Der hat es sich mit Lou angesehen und war total begeistert.« Socks lachte.

»Du hast recht. Die da unten haben wirklich einen Vollschaden.«

»Du meinst, ich passe gut dazu?«

»Wenn sie dich einladen, dann meinen sie das wahrscheinlich auch so.«

3. Überraschungen

Guten Morgen!« Darrel küsste mich und war bereits putzmunter, während ich mich am liebsten wie am Wochenende noch einmal im Kissen eingegraben hätte. Ich hatte mal wieder seinen Wecker überhört. Dass er ihn in der Nachttischschublade stehen hatte und meist bereits nach zwei Pieptönen ausschaltete, machte die Sache nicht leichter für mich.

»Ich glaube, du empfindest eine sadistische Genugtuung darin, mich persönlich zu wecken, statt den Wecker die Arbeit machen zu lassen«, maulte ich schlaftrunken.

»Ich empfinde eine sadistische Genugtuung darin, den Wecker fünf Minuten früher zu stellen, um Zeit zu haben, dir dein Geschenk zu überreichen. Herzlichen Glückwunsch!« Er lachte.

»Am Geburtstag?«

»Das haben Geschenke so an sich, dass man sie am Geburtstag bekommt.«

»Nein, das frühere Aufstehen …«

»Du bist so niedlich, wenn du verschlafen herumnörgelst. Das will ich mir nicht entgehen lassen. Ich glaube, den Wecker stelle ich ab sofort jeden Tag fünf Minuten früher. Das ist es mir wert.«

»Du bist so fies!« Ich warf mein Kissen nach ihm.

Er fing es und versteckte es unter der Bettdecke. »Schade, jetzt ist sie wach und hat die Augen offen. Vorher hattest du diesen putzigen Maulwurfblick, in den ich mich immer wieder aufs Neue verlieben könnte.«

»Gehst du ins Bad, oder soll ich? Wenn du noch lange herumquakst, steht James auf und schnappt es uns weg.«

»Du vergisst: zehn Minuten früher.« Darrel grinste.

»Eben waren es noch fünf!«

»Ich wollte dich nicht direkt nach dem Aufwachen mit der vollen Wahrheit konfrontieren. Jetzt hast du kein Kissen mehr, das du werfen könntest.«

»Gib es mir sofort zurück! Mit offenen Augen treffe ich besser!«

»Selbst schuld, wenn du dir deine Munition nicht einteilst.«

Ich rutschte auf seine Seite und kuschelte mich in seines.

»He. Hier wird nicht weitergeschlafen. Ich glaube es nicht.«, flüsterte er mir ins Ohr.

»Schrei nicht so herum, sonst will James wirklich ins Bad«, murmelte ich.

Darrel kitzelte mich am Hals, und ich zog mechanisch den Kopf ein.

Er lachte. »Wie Galileo Galilei bereits feststellte: *Und sie bewegt sich doch!*«

»Das hat er gar nicht gesagt. Du willst nur, dass ich wach werde und dir widerspreche, aber den Gefallen tue ich dir nicht.«

»Und was ist mit deinem Geschenk?«

»Woher soll ich das wissen? Ich habe keines für mich besorgt.«

»Deine Argumentation zeigt mir, dass du schon wieder einschläfst. Mach die Augen auf. Hier ist es. Habe ich für dich genäht.«

Er hielt mir einen blau-schwarz-karierten Rock vor die Nase, der mich spontan stark an Seans Kilt erinnerte. Nur hatte er weniger Falten, und der Rotanteil fehlte bei diesem Stoff. Es war wohl kein Tartan, sondern ein Fantasiemuster. Dafür steckte vorn eine hübsche Plaid-Brosche. Ich hatte einmal die Bemerkung fallengelassen, dass ich Seans Kilt auch tragen würde, weil mir das Karo so gut gefiel. Und nun hatte ich einen karierten Minirock.

»Oh! Der ist wunderschön!« Mir kamen doch tatsächlich die Tränen! Was war ich nur für ein rührseliges Schaf!

»Zieh ihn an! Ich kann ihn noch etwas ändern, wenn er nicht passt. Ich nahm die Maße von deinem schwarzen Samtrock.«

Ich zog ihn über das Nachthemd. »Der ist ein bisschen kurz«, stellte ich überrascht fest. »Bist du sicher, dass du den Samtrock als Maßstab genommen hast? Der endet knapp oberhalb des Knies, und dieser hier reicht mir gerade mal so über den Po.« Ich blickte ratlos in den Spiegel.

»Ich habe ihn so lang gemacht, wie er mir gefällt.« Darrel feixte.

»Dann kann ich ihn nicht zur Arbeit tragen. Es sei denn, ich wechsle spontan die Branche.« Ich umarmte Darrel und gab ihm einen Kuss. »Vielen Dank! Er ist wunderschön!«

»Du ziehst ihn so an?« Er schenkte mir sein Verstandkillerlächeln.

»Nur zum Ausgehen. Wenn er dir doch gefällt.«
Ich sah ihn irritiert an.

»Ich muss den umgeschlagenen und nur provisorisch befestigten Saum also nicht wieder auf eine vernünftige Länge herauslassen, sondern soll ihn endgültig so feststeppen?«

»Du bist gemein!« Ich musste kichern.

»Du hättest ihn tatsächlich so für mich angezogen?« Er lachte und hielt abwehrend die Arme vors Gesicht, als ich mich nach seinem Kissen bückte.

Nach der Arbeit kam Tamsin direkt mit mir nach Camden, ohne zwischendurch heimzufahren. Ich schloss die Wohnungstür auf, hängte die Jacken weg und lud sie ein, auf der Couch Platz zu nehmen. Da sah ich ihn: unseren neuen Couchtisch! Er war anthrazitgrau und hatte eine Glasplatte.

James kam herein, und ich strahlte ihn an. »Er ist so wahnsinnig wunderschön!«

Er ignorierte mich und wandte sich an Tamsin: »Nur zur Erklärung: Lou liebt diesen Tisch heiß und innig. Wenn sie vom Ausgang zurückkommt, begrüßt sie ihn als Erstes und überhäuft ihn ständig mit Komplimenten. Sie nennt ihn *Darrel* und behauptet gelegentlich gegenüber Fremden, mit ihm seit Kurzem verheiratet zu sein. Mein Name ist James. Ich bin Lous Pfleger und habe heute die Nachtschicht. Hi!« Er gab ihr mit todernstem Gesicht die Hand.

Tamsin lachte lauthals.

Ich stellte sie vor: »Das ist Tamsin, meine Rechtsanwältin. Sie will mich endlich aus diesem umfangreichen Vertragswerk herausklagen, das mich zwingt, mit Verrückten meinen Lieblingstisch zu teilen.«

James umarmte mich. »Herzlichen Glückwunsch zum Geburtstag! Willst du ihn noch eine Weile bewundern, oder darf ich ihn unter einem Teetablett verstecken?«

»Du darfst! Das ist ja das Tolle, dass man sich ab sofort nicht mehr zwischen freier Tischplatte und Tablett entscheiden muss, sondern Kompromisse eingehen kann. Ein wundervoller Tisch.«

»Wie gesagt: Sie nennt ihn Darrel und ist total in ihn verliebt!«, raunte James Tamsin zu und verzog sich in die Küche.

»Und wer ist das wirklich?«, fragte Tamsin lachend.

»James? Oh, sorry! Das habe ich dir gar nicht erzählt. Wir wohnen hier zu dritt: Darrel, James und ich.«

»Das würde ich im Büro auch nicht an die große Glocke hängen. Wenn John erfährt, dass du mit zwei Männern zusammenlebst, meint er gleich, da geht noch mehr.«

»Ja, wenn man es so betrachtet, klingt es fast verwegen. Vor allem, weil ein dritter regelmäßig zu Besuch kommt: James' Freund Andy. Du lernst ihn nachher kennen.«

Tamsin überreichte mir mein Geschenk. Es war in mit roten Rosen bedrucktes Papier eingepackt, mit einer riesigen weißen Schleife verziert und wog bestimmt drei Kilo.

»Woran erinnert dich das?«, fragte sie mich verschmitzt.

»An den Rosenbogen!« Ich musste lachen.

»Ich sah das Papier und konnte nicht anders! Es war unmöglich, ein so breites Schleifenband zu finden. Da kaufte ich einfach einen Streifen Stoff.«

»Ich mach ein Foto, bevor ich es auspacke.« Ich zückte mein Smartphone und schritt zu Tat, während sie kicherte. Als ich danach das Geschenkpapier entfernte, kam ein Paket Waschpulver zum Vorschein. Ich lachte Tränen.

»Ich weiß auch nicht, wie ich an dem Tag drauf war«, meinte sie entschuldigend, »aber es ist weniger ein Geburtstagsgeschenk als ein Symbol für meine Ehe: tolle Verpackung und banaler Inhalt.«

»Es ist wunderschön. Genau, was ich wollte: viel Spaß und nichts, von dem man sich irgendwann mühsam trennen muss. – Also eigentlich eher ein Symbol für meine Ehe.«

Etwas später, als wir gemütlich Tee tranken und uns unterhielten, kam Darrel nach Hause und wurde postwendend von James vorgestellt: »Das ist Herbert, mein zweiter Patient! Er hält sich für einen Tisch und nennt sich Darrel.«

»Hat er wieder seine Anwandlungen?«, fragte mich Darrel sachlich.

»Ja, ich habe, wie wir es besprochen hatten, einen Esslöffel Arsen in seinen Tee getan, aber es hat nichts gebracht.«

»Strychnin.«

»Nicht Arsen?«

»Hm. Jetzt verunsicherst du mich. Ach, nimm einfach beides. Ich zieh mich um. Bis gleich. Hi, Tamsin!«

Wir aßen heute etwas später, als alle zu Hause waren. James hatte den Küchendienst mit Darrel getauscht und machte Pizza mit Lachs und Champignons. Danach brachte er einen Schokoladenkuchen, auf dessen Glasur eine dicke, weiße 25 aus Zuckerguss prangte. Darrel drückte mir ein Messer in die Hand und forderte mich auf, meinen Geburtstagskuchen anzuschneiden, aber ich kam nicht dazu, weil James mich mit einem Loblied auf deutsche Kuchenrezepte irritierte. Anscheinend hatten Darrel und er gestern mit Maggie in deren Küche ein Rezept für Sachertorte ausprobiert, und ich gab mir Mühe, James so schonend wie möglich beizubringen, dass es streng genommen aus Österreich stammte.

»Okay! Das wusste ich nicht! Alles falsch!«, sagte er mit weinerlicher Stimme, hielt den Kopf gesenkt und schielte Mitleid heischend zu mir.

»Armer Junge!« Ich beugte mich über den Tisch und tätschelte ihm die Wange.

Darrel bat mich mit seinem Verstandkillerlächeln, endlich den Kuchen anzuschneiden, aber James wollte dringend wissen, ob ansonsten alles damit in Ordnung sei.

»Ja, sehr schön!«, antwortete ich.

»Keine Beanstandungen?«

»Nein, er sieht sehr saftig aus, sofern ich das von außen beurteilen kann. Darf ich ihn jetzt anschneiden?« Er machte mich ganz konfus, und ich brachte es nicht übers Herz, ihm zu sagen, dass es mein sechsundzwanzigster Geburtstag und die weiße 25 ein Versehen war. Ich teilte kurzerhand den Kuchen auf und ließ James reden.

»Okay, du hast gewonnen«, meinte er daraufhin, stand auf, holte einen Fünfer aus dem Portemonnaie und gab ihn Darrel.

»Worum ging es in der Wette?«, fragte Sean interessiert.

Darrel steckte das Geld ein. »James wollte mir nicht glauben, dass Lou nichts zur 25 sagen wird. Sie wurde heute sechsundzwanzig.«

»Ich will kein Spielverderber sein, aber bei mir könnt ihr dann mit dem Quatsch aufhören, wenn ihr ein neues Opfer habt«, sagte Maggie. An mich gewandt ergänzte sie: »Die schreiben mir seit Jahren eine 30 auf den Kuchen. Dabei gehe ich stramm auf die Vierzig zu. Ich komme mir schon vor wie Bertie. Der feiert bestimmt bald seit zwanzig Jahren seinen vierzigsten Geburtstag.«

»Sag nichts gegen Bertie!«, meinte Sean schmunzelnd. »Bei dem treten wir dieses Jahr wieder auf, weil es seinen junggebliebenen Gästen so gut gefallen hat. Diesmal aber als Hauptgruppe. Yeah!«

Alle Bandmitglieder außer Socks jubelten gekünstelt mit, denn sie wussten es schon längst. Nur an mir war das vorbeigegangen. Solche privaten Auftritte wurden logischerweise nicht auf der Website erwähnt.

Socks war etwas merkwürdig an dem Abend. Obwohl er sich gemeinsam mit den anderen an der Anschaffung des Tischs beteiligt hatte, überreichte er mir, als ich ihm die Tür öffnete, ein Kosmetiktäschchen, auf dem der Kensington Palace abgebildet war. Gefüllt war es mit alkoholfreien Trüffelpralinen.

»Du hast den Palast damals in Julias Küche erwähnt«, meinte er grinsend.

Ich lachte. »Ehrlich gesagt war ich bis heute noch nicht drin.«

»Du wolltest ihn dir ansehen, falls Darrel bei deinem Anblick schreiend davonläuft. Da es dazu offensichtlich vorerst nicht kommen wird, kannst du dich hiermit trösten.«

»Herzlichen Dank!«

»Eigentlich wollte ich es dir schon zur Hochzeit schenken, aber das ging alles so flott, dass ich gar nicht in den Museumsshop kam.«

»Die neue Matratze war ein wunderschönes Hochzeitsgeschenk von euch allen«, erklärte ich gerührt.

Dann stellte ich ihn Tamsin vor, und von da an sagte er kaum noch etwas und wirkte in sich gekehrt. Das kannte ich zwar schon aus dem Büro. Sie hatte diese Wirkung auf zurückhaltende Männer. Aber bei Socks überraschte es mich sehr.

Als er vor dem Haus eine rauchte, folgte sie ihm. Nachdem sie zurückgekommen waren, gewann ich den Eindruck, dass er nicht an ihr interessiert war. Irgendetwas stimmte mit ihm nicht. Er benahm sich äußerst eigenartig. Ich nahm mir vor, ihn noch einmal einzuladen, abends spontan vorbeizukommen. Sarahs Einzug schien ihn auf irgendeine Weise zu belasten.

Andy hatte mir eine Tüte von meinem Lieblingstee mitgebracht, und ich freute mich sehr, da ich ohnehin Nachschub brauchte und mit dieser Familienpackung sicherlich locker über den Sommer kam.

»Er stöbert gern in fremden Schränken, wenn die Bewohner abwesend sind«, behauptete James dreist. »Daher kennt er auch deinen Lieblingsunterwäschehersteller.«

***

Socks klopfte im Parterre an die Wohnungstür, und Lou öffnete lächelnd. Er hielt ihr das Geschenk vor die Nase und sagte grinsend sein vorbereitetes Sprüchlein auf. Sie reagierte wie erwartet und hatte diesen weichen, fast zärtlichen Gesichtsausdruck, den auch seine Mutter immer gezeigt hatte, wenn er ihr etwas geschenkt oder für sie getan hatte. Lou bat ihn herein und stellte ihn ihrer Freundin vor, deren Besuch sie gestern beiläufig erwähnt hatte.

Er erstarrte. Tamsin! Warum musste von allen Frauen Londons ausgerechnet sie eine Kollegin von Lou sein? Tamsin sah ihm lächelnd in die Augen und ließ sich nicht anmerken, dass sie ihn erkannte. Dennoch brach ihm der kalte Schweiß aus. Was würde Lou sagen? Selbstverständlich waren ihre Freundinnen für ihn tabu. Er hatte aber auch nicht ahnen können, dass die beiden sich kannten. Lou hatte zwar ab und an von einer Kollegin erzählt, doch nie deren Namen erwähnt.

Ihm war schlagartig der Appetit vergangen. Das Essen zog sich ewig hin, weil es auch noch Kuchen gab, was ohnehin nicht so seine Sache war. Er fieberte dem Moment entgegen, wenn er sich, ohne viel Aufsehen zu erregen, verabschieden konnte. Anschließend gingen Dylan und Sarah nach oben. Sie hatte Kopfschmerzen, aber das reichte nicht als

Ausrede, um sich ebenfalls verdrücken zu können. Alle rückten wie selbstverständlich auf und unterhielten sich angeregt. Socks saß wie auf heißen Kohlen.

»Ich geh mir mal die Lungen verpesten!«, kündigte er an und stellte sich auf die Außentreppe, wo er seit Sarahs Einzug einen windsicheren Aschenbecher deponiert hatte. Maggie fand die Idee zwar nicht so gut, wollte aber kein Spielverderber sein, wenn er sie richtig verstanden hatte. Vielleicht war es auch umgekehrt.

»Hi, Stan!«

Er drehte sich um und grinste Tamsin jungenhaft an. Sie schloss die Haustür hinter sich und knöpfte ihre Jacke zu.

»Tut mir echt leid. Ich wusste nicht, dass du mit Lou befreundet bist.«

Sie lächelte. »Mir tut es nicht leid. War doch ein schöner Abend. Aber warum ausgerechnet Stan?«

»In deiner Nähe fühlte ich mich plötzlich wie ein Stan.«

»Wie fühlt sich denn so ein Stan?«

»*Stan Laurel* und *Oliver Hardy*? Mir fiel spontan nichts anderes ein.«

»Hätte ich dich nach deinem Nachnamen gefragt, hättest du also *Laurel* gesagt?« Sie lachte.

»Nein, *Hardy* vermutlich.« Er lächelte verlegen. »Das war nur ein Witz. Der Barkeeper sagte mir, dass du auf mich wartest. Ich nahm daher an, dass du weißt, wer ich bin. Als du mich dann tatsächlich Stan genannt hast, wusste ich nicht, wie ich aus der Nummer wieder herauskomme.«

»Deshalb also hatte der Barkeeper dich mir nicht vom Hals gehalten.« Tamsin lachte. »Ich hatte mich schon gewundert. Vorher war auf ihn Verlass gewesen. Ich hatte ihm die Band genannt, genau genommen aber auf Lou gewartet, damit sie mir Darrel und seine Freunde vorstellt. Ich wollte euch mal kennenlernen.«

»Nun, ja … Noch näher kennenlernen, als bereits erfolgt, kannst du uns wirklich nicht mehr. Die anderen sind in festen Händen.«

»Du hast mich für ein Groupie gehalten?«

»So in etwa.« Er lächelte entwaffnend.

Sie lachte. »Machst du das öfter?«

»Ist mein einziger Lebensinhalt neben der Musik. Wirst du mich verraten?«

»Inwiefern?«

»Bei Lou. Sie bringt mich um, wenn sie das erfährt.«

»Warum sollte sie? Es ist doch meine Sache, wie und mit wem ich meine Nächte verbringe.« Tamsin sah ihn ganz ruhig an.

»Gibst du mir deine Nummer?«, fragte er sie mit einem schiefen Lächeln.

»Wozu? Fehle ich dir noch in deiner Sammlung?«

»Wow! Schweres Geschütz!«

»Wie viele Frauen stehen denn unter T?«

»Ich hatte nur vergessen, bei deinem Schlafzimmerschrank die Sicherheit der Scharniere zu überprüfen. Das will ich gern nachholen, damit du dir nicht mal die Finger einklemmst.«

»Nach einem Glas Wein fand ich dich überzeugender.« Sie zwinkerte ihm zu.

»Wir können gern vorher etwas trinken gehen.«
Er schenkte ihr sein gewinnendes Lächeln.

»Ich gehe lieber wieder rein.«

»Warte! Du wolltest mir doch deine Nummer geben.«

»Meldest du dich dann mit *Stan*?«

»Nein, mit Socks. – Oder mit Sam, wenn dir das lieber ist.«

»Wann wirst du dich für einen Namen entscheiden?«, fragte sie amüsiert.

»Wenn ich alle ausprobiert habe und weiß, welcher mir am besten gefällt.« Er blies den Rauch von ihr weg.

»Du solltest mit dem Rauchen aufhören. Das ist nicht gut für die Stimme«, riet sie ihm lächelnd.

»Ja, das sagte Darrel auch mal. Vor vier Jahren, glaube ich.«

»Und man schmeckt es noch Stunden später beim Küssen.«

»Übers Küssen haben Darrel und ich nicht gesprochen. Das scheint ihm bei mir nicht so wichtig zu sein.«

Sie lachte. »Und? In wie vielen Jahren versuchst du mal aufzuhören?«

»Schöne Frauen machen mich nervös.« Er zwinkerte ihr zu. »Und Rauchen beruhigt mich. Aber ich muss wohl tatsächlich aufhören. Sarah und Dylan bekommen ein Baby.«

»Was hat das mit dir zu tun?«

»Äh … Wir wohnen zusammen im zweiten Stock«, beeilte er sich zu erklären. »Das Baby hat nichts mit mir zu tun. Ehrenwort!« Er lächelte nervös. »Das wird laut, wenn das Baby da ist. Da muss

63

ich mir einen schönen, ruhigen Schlafplatz suchen, wenn ich mal durchschlafen will«, sagte er gedankenverloren.

»Darum willst du meine Nummer?« Sie lachte.

»Nee. Deshalb habe ich das nicht gesagt.« Er lächelte verlegen.

»Das letzte Mal sind wir auch nicht wirklich zum Schlafen gekommen. Aber okay. Ich gebe sie dir.«

Er drückte die halb gerauchte Zigarette im Aschenbecher aus und murmelte. »Ich glaube, ich höre einfach jetzt sofort auf.« Er zog sein Telefon aus der Tasche und tippte die Nummer ein, die sie ihm diktierte.

Sie gingen hinein. Tamsin setzte sich wieder auf ihren Platz. Socks beugte sich zu Lou hinunter und gab ihr seine Zigarettenpackung.

»Was soll ich damit?«, fragte sie ihn erstaunt.

»Nimmst du die bitte für mich in Verwahrung?«
»Wozu?«

»Damit ich nicht rauche. Gib sie mir bitte nur, wenn ich dich auf Knien anflehe.« Er setzte sich auf seinen Stuhl und begann, nervös zu kippeln.

Sie lachte.

»Uns stehen lustige Zeiten ins Haus!«, meinte Darrel.

»Ich hole schon einmal den Fotoapparat!« James tat so, als wolle er aufstehen. »Lou braucht ohnehin mal wieder neue Inhalte für die Website.«

»Ja, der Abend verspricht, sehr unterhaltsam zu werden.« Andy lächelte. »Ich habe das auch hinter mir. Nur nicht gleich aufgeben! Ich brauchte zwei

Anläufe und kenne jemanden, der sieben benötigte.«

»Ich probiere es nur einfach mal«, meinte Socks vage und blickte verlegen vor sich auf den Tisch.

»Ich will kein Spielverderber sein, aber wenn du weiter so viel rauchst, wird das deiner Stimme schaden!«, schaltete sich Maggie ein. »Deshalb solltest du das wirklich mal in Angriff nehmen! Dylan habe ich vorhin, als ich oben war, auch schon ins Gewissen geredet. Der sollte sich was schämen, drinnen zu qualmen. Das Kind raucht jetzt schon mit!«

»Deshalb hat Sarah Kopfschmerzen?« James lächelte unschuldig. »Sie hat völlig unvorbereitet deine erste Gardinenpredigt miterlebt.«

»Das kannst du nicht machen, Maggie!« Lou grinste. »Die Frau ist schwanger und muss geschont werden.«

»Es ist sicherlich eine gute Gelegenheit, zusammen aufzuhören«, sagte Sean. »Wenn einer allein weiterqualmt, wird der andere nur in Versuchung geführt.«

»Unseren Sound würde es bestimmt verbessern. Ihm ist es auch sehr gut bekommen, dass Darrel seit geraumer Zeit nicht mehr besoffen auftritt«, fügte James hinzu.

***

Am Samstagabend blieb Socks unschlüssig drinnen vor unserer Wohnungstür stehen, als die anderen nach dem Essen wieder nach oben gingen. Darrel und James wollten sich umziehen, und ich war auch auf dem Weg ins Schlafzimmer, als ich ihn aus den Augenwinkeln dort herumlungern sah. Ich nutzte die Gelegenheit und lud ihn ein, mit uns auszugehen.

»Wer ist *uns*?«, fragte er.

»James, Andy, Darrel und ich. Eine ganz normaler Runde, in die du super passt.«

»Ach, nee, ich habe andere Pläne, aber danke!«, er lächelte verlegen.

»Ist irgendetwas?«

»Kann ich dich mal sprechen?«

»Ja, natürlich! Setz dich!«

»Nee, nur ganz kurz. Ich habe im Internet so eine Seite übers Rauchen gefunden.«

»Ich dachte, das kannst du inzwischen auch ohne schriftliche Anleitung.«

»Übers Aufhören, besser gesagt. Man soll sich einen Paten suchen, der einem ins Gewissen redet und einen unterstützt.«

»Und das soll ich machen?«

»Hättest du Zeit?«

»Ja, natürlich. Aber ich bin vielleicht zu tolerant. Maggie wäre besser geeignet.«

»Nein, ganz bestimmt nicht! Die weckt höchstens meinen Widerspruchsgeist, und dann rauche ich aus Trotz doppelt so viel.«

»Das ist ein Argument!«

»Also machst du es?«

»Ja, gern. Was genau soll ich tun?«

»Mich jedes Mal, wenn du mich mit einer Zigarette siehst, ans Aufhören erinnern und mir die Packung wegnehmen.«

»Reicht es nicht, wenn ich sie dir einfach nicht mehr zurückgebe?«

»Falls ich mir eine neue kaufe.«

»Das heißt, ich habe hier irgendwann einen Stapel Packungen herumliegen, und dir geht das Geld aus?«

»So ungefähr. Nein, ich versuche, mir keine mehr zu kaufen.«

»Guter Plan!«

»Und ich soll dir etwas, was mir sehr wichtig ist, als Pfand geben. Wenn ich ein Jahr lang nicht geraucht habe, bekomme ich es zurück.«

»Das klingt langsam, als müsse ich mir einen weiteren Schrank kaufen. Worum handelt es sich denn?«

»Ich dachte an das Fotoalbum mit Bildern meiner Mutter. Meinen Vater habe ich rausgerissen.«

»Das ist ein sehr persönlicher Gegenstand. Bist du dir sicher, dass du ihn nicht lieber Sean geben möchtest?« Ich sah ihn freundlich an und empfand großes Mitgefühl. Ihm schien es wirklich ernst mit dem Rauchentzug zu sein.

»Der gibt ihn mir aber nicht zurück, wenn ich es nicht schaffe aufzuhören.«

»Ist das nicht der Zweck der Übung?«

»Ja, schon, aber bei dir weiß ich, dass du nicht so streng mit mir sein wirst.«

Ich konnte mich nicht mehr länger beherrschen und musste lächeln.

Er grinste verlegen. »Danke, dass du wenigstens bis jetzt ernst geblieben bist.«

»Ich wollte die Schlusspointe nicht verpassen, indem ich zu früh lache.«

»Du bist inzwischen so fies wie Darrel. Das muss ansteckend sein.«

»Wir können das gern so machen, Socks. Aber ich fühle mich nur merkwürdig dabei, wenn du mir ein so wertvolles Album anvertraust.«

»Stimmt. Daran habe ich nicht gedacht.«

»Nimmst du das Pfand für mich in Verwahrung, bis ich es brauche, um es dir zurückzugeben?« Ich lächelte ihn freundlich an, und er prustete los. »Halten wir fest, dass du zuerst laut gelacht hast!«, schob ich noch hinterher.

»Langsam wird es unübersichtlich«, gestand er.

»Machen wir es doch so: Immer, wenn du Lust auf eine Zigarette hast, kommst du zu uns, und ich erkläre dir ganz ausführlich, wie eklig du aus dem Hals stinkst, nachdem du geraucht hast, und wie widerlich das Nichtraucherinnen finden.«

»Das könnte tatsächlich funktionieren.«

»Okay. Dann versuchen wir das mal.«

Darrel und James kamen aus den Schlafzimmern und sahen mich verwundert an.

»Gehst du so?«, fragte Darrel und zeigte grinsend auf den Hausanzug, mit dem ich es mir samstags immer zu Hause bequem machte.

»Nein, das ziehe ich nur drunter, damit mir in meinem neuen Gürtel – äh – Rock nicht kalt wird. Bin gleich wieder da.«

»Kommst du mit?«, fragte Darrel Socks.

»Ich weiß nicht. Eher nicht …«

»Okay. Ein andermal dann.«

***

Socks ging nach oben und schloss seine Wohnungstür auf. Drinnen lief wie immer der Fernseher. *Wenn ich mir jeden Abend wahllos diesen Müll reinpfeifen würde, würde mir irgendwann auch der Kopf wehtun*, dachte er. Doch dann schämte er sich. Sarah hatte zwar in letzter Zeit häufig Kopfschmerzen, beklagte sich jedoch nie darüber und machte auch sonst nicht viel Wesen um ihre Schwangerschaft. Sie wirkte auf ihn stillvergnügt und in sich gekehrt. Ihre Lieblingsphrase *kein Problem* bekam er kaum mehr zu hören. Die schien zusammen mit Clive aus ihrer Gedankenwelt zu verschwinden. Sarah war noch immer sehr schweigsam. Das hatte sich durch die Schwangerschaft sogar eher verstärkt. Oft wirkte sie verträumt und geistesabwesend. Aber sie war alles in allem eine angenehme Mitbewohnerin.

Nur dass sie sämtliche anfallenden Hausarbeiten wie selbstverständlich an sich gerissen hatte und ihm morgens einen Kaffee machte, störte ihn gewaltig. Anfangs hatte er sich unter Druck gesetzt gefühlt. Putzte sie jeden Tag das Bad, weil es ihr, wenn er das getan hatte, nicht sauber genug war? Ekelte sie sich etwa vor ihm? Warum? Er hatte im Gegensatz zu anderen Junggesellen keinerlei Probleme mit seiner Körperhygiene. Das war schließlich eine Grundvoraussetzung für sein zweites Hobby neben der Musik. Doch dann ließ Dylan eine Bemerkung über Putzzwang fallen, und Socks begriff, dass Sarah noch einen langen Weg vor sich hatte. Inzwischen hatte das fast zwanghaft anmutende Verhalten auch etwas nachgelassen. Vielleicht hatte sie in ihre neue Lebenssituation hineingefunden und den Umzug verkraftet.

»Setz dich zu uns!«, bot ihm Dylan an.

Sarah lächelte Socks einladend an.

»Nein, danke! Ich gehe vielleicht noch ein bisschen weg.«

»Auf die Pirsch!« Dylan lachte. Er schien mit sich und seinem neuen Leben äußerst zufrieden zu sein. Die beiden hatten die alte, breite Matratze aus Darrels Bett, die nach der Hochzeit fast automatisch ihren Weg in die oberste Wohnung gefunden hatte, gegen die Wand gelehnt und den Stapel mit den restlichen Exemplaren dagegen geschoben. Nun thronten Dylan und Sarah dort oben wie die Prinzessin auf der Erbse und schauten sich irgendwelche Serien an, deren Schauspieler scheinbar alle gleich aussahen und Socks nur verwirrten.

Dass seine Lieblingsmatratze mit in diesem Stapel steckte, und er sich entweder hätte neben das glückliche Pärchen quetschen oder auf den Boden legen müssen, wenn er ihnen Gesellschaft leisten wollte, schien ihnen gar nicht klar zu sein. Natürlich hätten sie sie sofort herausgerückt, aber Socks wollte nicht fragen. So ließ sich das Wohnzimmer leichter sauber halten. Und er wollte Sarah bei ihren Putzaktionen nicht noch extra Arbeit machen. *Was soll ich ihr zusätzlich Umstände machen, wenn sie doch bereits in anderen Umständen ist?*, sagte er sich im Geiste grinsend.

Er ging in sein Schlafzimmer und suchte Tamsins Nummer heraus.

»Ja?«, meldete sie sich.

»Hi, ich bin es: Stan Hardy vom Sicherheitsdienst.«

»Hi! Was willst du diesmal überprüfen?«

»Ich wollte sicherheitshalber ausprobieren, ob man deine Nummer anrufen kann.«

»Und was hättest du gemacht, wenn man sie nicht anrufen könnte?«

»Ich hätte dich natürlich sofort angerufen und gewarnt.«

Sie lachte. Nach einer kurzen Pause sagte sie: »Willst du vorbeikommen und prüfen, ob man mit meinem Telefon auch deine Nummer anrufen kann?«

»Gern! Man kann nie vorsichtig genug sein. Wann hättest du denn Zeit?«

»Jetzt gleich. Oder kostet der Service im Wochenendtarif mehr?«

»Nein, der ist gratis.«

»So wird dein Sicherheitsdienst aber nicht aus den roten Zahlen kommen.«

»Egal! Sicherheit geht vor!«

4. Drinnen und draußen

Bleib bitte noch kurz da, Socks«, bat ihn Sean nach dem Abendessen am Mittwoch. Maggie, Dylan und Sarah gingen in ihre Wohnungen, und wir anderen sahen einander verwundert an.

»Was habe ich angestellt, das Maggie nicht wissen darf?«, fragte Socks.

»Zur Abwechslung mal nichts, was ich sehr begrüße, da ich nur ungern Geheimnisse vor meiner Frau habe.«

»Also hast du aber hin und wieder Geheimnisse vor deiner Frau!«, stellte Darrel genüsslich fest.

»Du vor deiner nicht?«, konterte Sean.

»Seit ihrem Geburtstag vorläufig keine mehr.«

»Das ist jetzt ungerecht«, mischte ich mich ein. »Sean, du hast deine gehen lassen, und Darrels Frau sitzt hier und hört zu. Wie soll er da ehrlich antworten?«

»Du kannst ja deinen Gehörschutz von der Tour aufsetzen, während Darrel ein vollumfängliches Geständnis ablegt«, schlug James vor.

»Funktioniert der auch, wenn er nicht an den Föhn angeschlossen ist?«, fragte Socks.

»Ja, das ist ein akustischer Gehörschutz, den man lediglich von den Lautsprechern fernhalten muss. Sonst kommt es zu einer Rückkopplung!«, erklärte Darrel.

»Ich sehe: Der Abend wird lang. Also aufgemerkt und zugehört! Ich habe beschlossen, etwas in Angriff zu nehmen, das ich seit etwa zwanzig Jahren vor mir herschiebe«, sagte Sean. Doch er kam nicht weit.

»Du schmeißt uns raus, verkaufst das Haus, wanderst mit Maggie nach Kanada aus und schickst uns eine Postkarte mit obszönem Motiv und noch obszöneren Beleidigungen?«, fragte Socks.

»Manchmal hätte ich tatsächlich Lust dazu. Besonders dann, wenn ich ständig unterbrochen werde.«

»Okay. Adresse hast du. Ach, nein. Denkfehler! Wir wohnen dann ja nicht mehr hier.«

»Gutes Stichwort: Es geht ums Wohnen. Warum ich mir Gedanken mache, wo ich dich unterbringe, ist mir jedoch ein Rätsel, wenn du mir so auf den Keks gehst wie jetzt«, erklärte Sean schmunzelnd.

»Socks bleibt hier!«, stellte Darrel klar. »Seit er endlich stubenrein ist, brauchen wir auch nicht mehr hinter seinem Rücken darüber abzustimmen, in welches Tierheim wir ihn bringen.«

»Ja, er schmutzt kaum noch«, bestätigte ich.

»Manchmal leckt er sich an merkwürdigen Stellen, aber das gewöhnen wir ihm auch noch ab«, ergänzte James.

»Heute gebt ihr mir echt den Rest!« Sean lachte. »Also! Es ist etwas kompliziert. Deshalb habe ich mir die Reihenfolge aufgeschrieben, weil ja klar war, dass ich mich hier nicht konzentrieren kann. Fangen wir oben an. Dachboden: Der bleibt, wie er ist. Maggie räumt da lediglich noch ein paar Kleinigkeiten aus ihrem Kellerraum in die Mansarde. Details dazu später.«

»Heißt das, wir müssen uns ab sofort von einem leeren Kellerraum fernhalten und uns verpissen?«, fragte Socks.

»Schnauze! Jetzt rede ich!« Sean schlug mit der Faust auf den Tisch. »Autsch! Das war zu heftig. Ja, ja, lacht nur. Kommt ihr mal in mein Alter ... So! Anschließend schreiben wir einen Test! Wer nicht alle Fragen korrekt beantworten kann, fliegt raus! Ach, nee. Dann muss ich mit der Raumplanung ja von vorn beginnen. Trotzdem Schnauze!«

»Du kannst dich aber auch hervorragend selbst vom Thema ablenken, wenn ich das mal so anmerken darf«, sagte ich lachend.

»Ja, genau deshalb brauche ich eure Zwischenrufe nicht!« Sean zwinkerte mir zu. »Weiter geht's! Zweiter Stock: Dylan, Sarah und es.«

»Klingt wie der Titel eines Gruselschockers!« James machte ein ängstliches Gesicht.

»Glaub mir, ich träume bereits von diesem *Es* und wache schweißgebadet auf!«, erklärte ihm Socks.

»Das heißt: Sarah bleibt hier und gibt ihr Zimmer im Schwesternwohnheim auf?«, fragte Darrel.

»Dann kann ich ja dort einziehen«, meinte Socks mit einem versonnenen Gesichtsausdruck.

»Schnauze! Das könnte dir so passen, du Casanova! Erster Stock: Ich und sie. Und überlegt euch gut, was ihr jetzt sagt, weil ich ab sofort gnadenlos petze!« Sean blickte zufrieden in die schweigende Runde und fuhr fort: »Parterre: James, Darrel und Lou. Wie auch immer ihr das auf Dauer machen wollt. Das überlasse ich euch.«

»Ich bin wie die einsame alte Lady, die Streuner sammelt«, erklärte James.

»Wir sind deine Haustiere?«, erkundigte sich Darrel interessiert.

»Was soll die Fangfrage? Du hast mir doch unter Androhung von psychischer Gewalt verboten, Lou mit einer Katze zu vergleichen! Ups!« Er blickte scheinheilig in meine Richtung.

»Was ist mit Socks?«, fragte ich verwundert, weil der in der Aufzählung nicht aufgetaucht war.

»Der kann bei uns im Wohnzimmer schlafen, wenn er denn überhaupt hier schläft. Er treibt sich in letzter Zeit viel herum«, erklärte James.

»Du willst mich aber nicht kastrieren lassen, damit ich häuslicher werde!« Socks machte ein ängstliches Gesicht.

»Ja, für eine Matratze ist neben der Couch noch locker Platz«, bestätigte Darrel. »Tagsüber kann man sie an die Wand lehnen. Beim Kleiderschrank müssen wir schauen, ob wir vielleicht das Regal woanders hinstellen können.«

»Die Bücher muss ich nicht in Reichweite haben«, erklärte ich. »Das Regal kann in die Mansarde. Man liest ja doch immer nur ein Buch. Das kann ich mir von dort holen.«

»Ich werde hier noch wahnsinnig!« Sean rieb sich das Gesicht mit den Händen.

»Autogenes Training soll helfen!«, empfahl ich ihm.

»Oder Yoga!«, schlug Darrel vor.

»Und Knebel!«, ergänzte Sean. »Wie sieht es mit der Suppenküche aus? Sollen wir die in den ersten Stock verlegen?«

»Wozu? Dann haben wir es weiter, wenn wir Küchendienst haben«, meinte Darrel erstaunt. »Und wir müssen die Einkäufe zu euch schleppen, um sie hinterher im Magen wieder hinunterzutragen.«

»Die alte Lady muss doch einmal am Tag zur Fütterungszeit ihre Haustiere durchzählen können!«, erklärte James empört.

»Euch ist echt nicht zu helfen. Vermutlich habt ihr alle drei wahnsinnig Angst vor der Einsamkeit. Anders kann ich mir das nicht erklären. – Weiter geht's. Und Schnauze! Jetzt wird's kompliziert! Keller: Socks und Proberaum.« Er sah uns triumphierend an. »Ha! Habe ich euch! Das verschlägt euch die Sprache! Socks zieht in Maggies geheimen Spezialraum.«

»Und was wird aus Maggies geheimem Spezialinhalt des geheimen Spezialraums?«, fragte James.

»Deshalb ist sie nicht hier«, antwortete Sean ernst. »Wir haben dort hauptsächlich eine Baby-Erstausstattung eingelagert, die wir logischerweise in den zweiten Stock verfrachten, wo sie demnächst gebraucht wird. Ich möchte nicht ins Detail gehen, aber Maggie gehört definitiv nicht zu den Frauen, die Babybetten kaufen, ohne schwanger zu sein. Ihr ist wichtig, dass ihr das wisst. Sie kann es euch aber nicht selbst sagen.«

»Wissen wir«, sagte Socks und sah Sean ernst an. Auch uns anderen war natürlich nicht nach Lachen zumute.

»Ich habe es mir gedacht, dass wir das nicht vor dir verheimlichen konnten.« Sean senkte den Blick und schluckte. Dann fing er sich wieder und lächelte. »Weiter geht's. Socks zieht also in Maggies Ex-Raum. Beim Abstellraum für die Band wird eine Ecke abgeteilt für Waschmaschine, Trockner, Kühlschrank. Socks behauptet schließlich immer, keine Küche zu brauchen. Soll er die Kaffeemaschine auf den Kühlschrank stellen und einen Hängeschrank für Geschirr anschaffen. Wasser gibt es am Waschbecken. Und damit kommen wir nun zu dem, was ich schon als junger Kerl in Angriff nehmen wollte: Das Turner-Bad wird renoviert!«

»Du kannst doch keinen Turner mit Fliesen verdecken lassen! Der ist womöglich Millionen wert!«

»Nein, wenn ich ein Werk von Joseph Mallord William Turner besitzen würde, würde ich Typen wie euch nicht mehr kennen, sondern in anderen Kreisen verkehren.« Sean lachte. »Der gute Mr. Turner wohnte hier mehrere Jahrzehnte lang und weigerte sich standhaft, sein Bad renovieren zu lassen. Als er starb, bot mir meine Großmutter die Wohnung an, aber ich blieb lieber bei ihr, wo es bequemer war, ich verzogenes Balg, und nutzte den Keller schon damals als Proberaum. Damit war ich bei den lokalen Bands der King! Sie vermietete die Wohnung nie, weil sie damit rechnete, dass ich doch irgendwann bei ihr ausziehe, aber das erlebte sie leider nicht mehr.« Sean seufzte. »Später rissen wir lediglich die Badewanne heraus, um Platz für die Gemeinschaftswaschmaschine zu haben. Und so blieb es bis heute.«

»Es wäre für dich billiger, wenn ich mir eine neue Bleibe suchen würde«, stellte Socks sachlich fest.

»Deshalb sage ich auch, dass ich etwas mache, was ich schon lange vorhatte. Das Geld ist da, Socks. Meine Großmutter war eine wohlhabende Frau, Maggie und ich leben von unseren Jobs, und die Miete fließt in die Rücklagen für Renovierungsarbeiten. Wir müssen das Bad endlich in Ordnung bringen lassen, bevor da früher oder später eine Leitung schlappmacht, und alles überflutet wird. Ich schiebe es schon viel zu lange vor mir her.«

»Nett von dir, mir so einen Quatsch zu erzählen. Und auch noch so überzeugend. Du bist echt gefährlich!« Socks lachte lauthals. »Aber die Leitungen sind nicht alt. Die hast du erneuern lassen, als wir die oberste Wohnung renoviert haben.«

»Scheiße!« Sean blickte uns verschämt an. »Aber ihr hättet es mir geglaubt, oder?«, fragte er.

»Volle Punktzahl!« Darrel lächelte freundlich.

James und ich nickten lachend.

»Stimmen wir doch einfach demokratisch über die Wahrheit ab!«, schlug ich vor. »Das machen die Anhänger von Verschwörungstheorien im Internet auch so – mit stetig wachsendem Erfolg.«

»Gute Idee!« Sean lachte. »Also Hand hoch: Wer ist dafür, dass Socks sofort die Fresse hält und nach den Umbauarbeiten unten einzieht?«

Alle bis auf Socks hoben die Hand.

Darrel hielt eine zweite Hand hoch, und Sean zählte sie mit. »Eins, zwei, drei, vier, fünf Stimmen. Also einstimmig angenommen!«

»Ihr habt echt einen Schaden!«, meinte Socks, stand auf und schlenderte zur Tür. »Danke nochmal!« rief er, ohne sich umzudrehen, und ging nach draußen.

Ich beobachtete ihn durch das linke Erkerfenster, weil ich mir nicht sicher war, ob er womöglich gedankenlos eine Zigarette unklarer Herkunft anzünden wollte. Er lungerte jedoch nur auf der Außentreppe herum und schaute sich den Himmel an. Da wollte ich ihm nicht länger hinterherspionieren. Ich konnte ihn verstehen. In solchen Momenten war ich auch lieber allein.

***

Socks stand mit den Händen in den Hosentaschen auf der Treppe und atmete tief ein und aus. Hinter ihm öffnete sich leise knarrend die Tür, und er drehte sich um. Sean trat verlegen lächelnd heraus.

»Kommst du, um mit mir keine zu rauchen?«, fragte Socks. Dann deutete er auf das dunkelblaue Handtuch über Seans linker Schulter. »Gehört zu deinem sportlich geschnittenen Kilt neuerdings ein Plaid aus Frottee?«

Sean lachte, legte es längs gefaltet auf die oberste Stufe und setzte sich darauf. »Das Handtuch hat mir Lou eben mitgegeben, damit wir es uns gemütlich machen können. Die ist schon so irre wie die beiden anderen. Das muss an der Wohnung liegen, denn die Vormieterin Mrs Millner wusste zum Schluss auch nicht mehr, welches Jahrhundert wir hatten. Setz dich.« Er deutete auf die freie Handtuchhälfte neben sich.

Sock lachte und nahm Platz. »Vielleicht hat Lou aber auch nur zu oft *Per Anhalter durch die Galaxis* gelesen.«

»Mich macht das immer ganz nervös, wenn ich dich hier auf der Treppe sehe«, gestand Sean. »Schon so halb draußen.«

»Ganz draußen. Ich warte hier aber auf kein Raumschiff.«

»Metaphorisch gesehen: halb draußen aus unserer Hausgemeinschaft.«

»Solange ich meinen Schlüssel nicht vergesse, ist der Zustand nur vorübergehend.«

»Du bist eigentlich der Einzige, den ich überredet habe, hier zu wohnen. Mit den anderen hat es sich mehr so ergeben.«

»Stimmt. Dylan habe ich angeschleppt. Aber ich konnte den Kerl nicht mit dem dünnen Schlafsack auf den Winter loslassen. Darrel war wesentlich besser vorbereitet. Zumindest was die Ausstattung anging.«

»Mir wird immer noch schlecht, wenn ich daran denke, wie die gelebt haben.« Sean kratzte sich am Hinterkopf. »Ich wollte damit nur sagen, dass ich mich freuen würde, wenn du das Angebot auch wirklich annimmst.«

»Mache ich ja.«

»Ich wollte nur sichergehen.«

»Ja. Danke.«

»Du musst dich nicht bedanken. Ich würde dich echt vermissen.«

»Was mir nicht in den Kopf will: Warum seid ihr alle so verdammt nett zu mir? Hat es sich immer noch nicht herumgesprochen, was für ein Arschloch ich bin?«

»Wenn du dich selbst nicht leiden kannst, ist das deine Sache. Wir mögen dich.« Sean grinste.

»Ihr kennt mich offensichtlich nicht. Ich bin ein gnadenloser Egozentriker.«

»Der eines Tages aus purem Eigennutz Dylan mitbrachte.«

»Na ja, ich habe wohl so meine Momente …«

»Spinner! Du wolltest deinen Freund nicht erfrieren lassen.«

»Wir waren damals gar nicht befreundet.«

»Echt?«

»Wir kannten uns von der Schule. Dort war er ein Streber der übelsten Sorte gewesen.«

»Dylan?«

»Ja, Dylan. Ich konnte ihn nicht ausstehen, bis ich nach dem Sport zufällig die Striemen auf seinem Rücken sah. Wir mobbten ihn, weil er nicht duschen wollte. Ich packte ihn aus Spaß und drehte ihm den Arm um.« Socks schluckte. »Ich wollte ihn zwangsduschen und zog ihm die Hosen runter und das T-Shirt hoch. Das ließ ich ganz schnell wieder sein, als ich sah, weshalb er sich nicht vor uns ausziehen wollte.«

»Warum habt ihr das niemandem erzählt?«

»Er wollte es nicht. Er ließ mich schwören, ihn nicht zu verraten. Er hatte Angst, dass das seine Lage nur noch schlimmer macht. Ich akzeptierte das, weil ich in derselben Situation war wie er. Nur dass mein Vater die Hand und keinen Gürtel benutzte. Deshalb habe ich im Gegensatz zu Dylan keine Narben von der Gürtelschnalle auf dem Rücken.«

»Der Schnalle?«

»Ja, da hat sein werter Herr Papa wohl mal das falsche Ende erwischt. Entweder war er so in Rage, oder es war ihm grundsätzlich egal.« Socks sah Sean an. »Verstehst du jetzt, warum ich ihn kurzerhand mitnahm, als ich ihn Jahre später wiedertraf? Er wäre sonst beim ersten Frost nach Hause gegangen. Das konnte ich nicht zulassen. Seine Mutter war nicht wie meine. Er hatte dort absolut niemanden, der ihn wirklich liebte.«

»Mir hast du damals erzählt, er sei mit dir befreundet.«

»Da siehst du, was für ein verlogener Mistkerl ich bin. Er hatte früher keine Freunde.«

»Aber seither seid ihr befreundet?«

»Ja. Er ist ein wirklich netter Mensch, seit er nicht mehr gezwungen wird, Bestnoten nach Hause zu bringen, um das Ego seiner Erzeuger aufzupolieren.«

»Ich kann mir das gar nicht vorstellen, dass er so gut in der Schule war. Wenn ich mit ihm über seine berufliche Zukunft sprechen wollte, zeigte er keinerlei Lernbereitschaft und blockte sofort ab.«

»Glaub mir, dem drosch der Herr Papa den letzten Rest Selbstvertrauen aus dem Leib. Und die Frau Mama schaute zu und machte keinen Finger krumm, um ihn zu schützen. Meiner Meinung nach gehören beide in den Knast.«

»Trotzdem glaube ich, dass ich euch nicht genug gefördert habe, wenn ich das so höre.« Sean stützte mit resigniertem Gesichtsausdruck das Kinn in die Hände.

»Was hättest du denn tun wollen? Der hatte am Ende so Prüfungsangst, dass er heilfroh war, der Hölle zu entkommen.«

»Aber der Job an der Kasse unterfordert ihn doch auf Dauer!«

»Er ist glücklich. Sagt er zumindest.«

»Warum erfahre ich das eigentlich erst nach zehn Jahren?«

»Weil ich eine üble Petze bin und es nicht länger für mich behalten konnte.«

»Geht die Leier wieder los?«

»Verrate mich bloß nicht. Ich weiß auch nicht, warum ich dir das plötzlich erzähle.«

»Du wolltest mir beweisen, was für ein schlechter Mensch du bist.«

»Beweis erbracht.«

»Wenn es danach geht, bin ich auch ein schlechter Mensch. Ich sammle aus purem Egoismus Musiker in meinem Haus, um mir den Traum von der perfekten Band zu erfüllen.«

»Na, von der perfekten Band träume mal weiter. Mir geht jetzt schon der Arsch auf Grundeis, wenn ich an die Studioaufnahmen denke.« Socks lachte.

»Wie bei unseren Gigs schweigend vor dem Mikro stehen solltest du dort eher nicht.«

»Tja, die Gefahr besteht aber.«

»Hilft es dir, darüber zu reden, was dir durch den Kopf geht?«

»Glaub mir, das Zeug, das mir ständig durch den Kopf geht, will keiner freiwillig hören!«

Sean lachte. »Muss ich mir das wie den Inhalt deiner Songtexte vorstellen?«

»Schlimmer. Dabei reiße ich mich noch zusammen.«

»Hast du immer noch Angst, dass Darrel die Band verlässt?«

»Manchmal. Ganz kurz. Aber dann sage ich mir, dass ich ihm nur meine eigene Schlechtigkeit unterstelle.«

»Du würdest die Band aber auch nie verlassen.«

»Weil ich auf euch angewiesen bin. Allein kann ich nichts.«

»Ich hielt das immer für einen blöden Spruch, aber du scheinst das wirklich zu glauben. Wenn du nichts kannst, dann kann ich noch *nichtser*. Ich spiele lediglich ein Instrument und kann weder texten noch komponieren.«

»Darrel kann das alles zusammen.«

»Kündigt sich da gerade eine deiner Neidphasen an?«

»Nein, ich beneide ihn nicht mehr.« Socks fuhr sich mit beiden Händen durch die Haare, die anschließend nach allen Seiten abstanden und langsam wieder in sich zusammensackten.

Sean beobachtete es gedankenverloren.

Socks lächelte. »Ich habe mich ehrlich gefreut, dass ich bei der Trauung dabei sein durfte. James steht ihm viel näher als ich, aber den fragte Lou.«

»Darum habe ich euch beneidet«, gestand Sean völlig ruhig.

»Du und Neid?«

»Ich fühlte mich ausgeschlossen. Da bin ich ehrlich. Als Darrel abends ganz lässig erklärte, dass sie vormittags geheiratet hatten, hielt ich das erst für einen Scherz. Als mir klar wurde, dass das sein Ernst war, fiel ich aus allen Wolken. Selbst Maggie und ich hatten mit ihrer Mutter, ihrer Schwester, Dylan und dir gefeiert.«

»Wir haben doch alle zusammen am darauffolgenden Samstagabend gefeiert. Da musste niemand freinehmen.«

»Aber die Geheimniskrämerei davor. Das verletzte mich, muss ich ganz ehrlich sagen.«

»Du hättest ihn gern gewarnt?« Socks lachte. »Oder wolltest du ihn mithilfe einer Banane und eines Bagels über seine ehelichen Pflichten aufklären?«

»Ich bin mir nicht sicher, ob Darrel sich darüber im Klaren war, welchen Schritt er machte. Und gleichzeitig wird mir auch dabei bewusst, was für ein schlechtes Vorbild ich für euch bin. Nicht nur mit meiner kurzentschlossen anberaumten Hochzeit damals. Die war auch nicht gerade eine Meisterleistung der Besonnenheit und hätte böse ins Auge gehen können. James brach zum Beispiel sein erstes Studium ab und begann ein zweites, als er hier einzog, weil ich ständig so begeistert von meinem Job erzählte.«

»Das war seine Entscheidung. Du bist doch nicht für unsere Handlungen verantwortlich!«

»Ich fühle mich aber verantwortlich.«

»Du spinnst! Darrel hat Lou nicht deshalb geheiratet, weil du so ein schlechtes Vorbild bist, sondern weil er unheimlich Angst hat, sie zu verlieren.«

»Das ist ein schlechter Grund für eine Ehe.« Sean blickte entsetzt auf die Stufen vor seinen Füßen. »Genau das ist etwas, über das ich gern mit ihm gesprochen hätte. Eine Ehe ist keine Garantie für Glück. Eine Beziehung basiert auf Vertrauen und Zuneigung. Wenn Lou nur mit Trauschein bei ihm bleibt, sollte er sie besser gehen lassen.«

»Verdammt, Sean! Wach auf! Wir sind keine kleinen Kinder!« Socks merkte, dass er zu laut gesprochen hatte und dämpfte wieder seine Stimme. »Er hatte Angst, dass sie irgendwann zufällig ihren Job verliert und das Land verlassen muss, bevor sie sich einen neuen suchen kann. So eine kleine Firma geht schnell mal pleite oder wird von einer großen geschluckt und ausgeschlachtet. Wir leben in chaotischen Zeiten. Keiner weiß, was nach dem Brexit kommen wird. Darrel hatte es eilig, Tatsachen zu schaffen. Nicht Lou.«

»Woher willst du das wissen?«

»Er hat es fröhlich erzählt, als wir nach der Trauung etwas essen gingen. Darrel und James waren total aufgedreht an dem Tag. Lou saß mehr so lächelnd daneben. Ich glaube, ihr war die Sache nicht ganz geheuer.«

»Sie hätten es nicht überstürzen sollen!«

»Wenn Darrel sich etwas in den Kopf gesetzt hat, dann zieht er das knallhart durch. Da kennt der nichts.«

»Sie hatte aber auch ein Wörtchen mitzureden.« Sean lachte. »Wortwörtlich!«

»Ach, und dann lächelt er sie eben lieb an, und schon macht sie, was er will. Du kennst doch Lou!«

»So habe ich sie bisher, ehrlich gesagt, ganz und gar nicht eingeschätzt.«

»Das ist doch alles nur Fassade bei ihr. Wenn du Lou näher ansiehst, dann ist da etwas, das du nicht … – nicht greifen kannst.«

»Und Darrel hat zugegriffen?« Sean lachte.

»Der ergreift eine gute Chance, wenn sich ihm eine bietet. Er hat das auf der Straße in ihrer Körpersprache gesehen und sofort erkannt, was es ist.«

»Und was ist das deiner Meinung nach?«

»Ich kann es nicht beschreiben. Vielleicht sah er sich selbst. Sein zweites Ich. Darrel nannte es einmal *liebenswert*, als ich Lou mit meiner Mutter verglich. Das sind Menschen, die du lieben kannst, ohne Angst haben zu müssen, dass sie dir aus purem Narzissmus das Leben ruinieren.«

»Du vergleichst Lou mit deiner Mutter?«

»Sie sehen sich nicht ähnlich, aber das ist derselbe gutmütige Frauentyp. Nur hat Lou sich eindeutig einen besseren Partner ausgesucht als meine Mum.«

Sean seufzte. »Ich glaube, du hast dir mehr Gedanken über die beiden gemacht als ich.«

»Ich habe sie ja auch aus einer spontanen Laune heraus mehr oder weniger zusammengebracht.«

»Und nun fühlst du dich verantwortlich?« Sean lachte. »Mein Lieber, du bist mir ähnlicher, als du wahrhaben willst.«

»Blödsinn!«

»Ich hadere immer noch mit mir, ob es damals eine gute Entscheidung war, Darrels Patenonkel zu kontaktieren. Ich hatte gehofft, dass er ihm einen kleinen Job für den Übergang und vielleicht eine Bleibe besorgen kann. Dass Darrel jetzt beruflich in seine Fußstapfen tritt, war nicht beabsichtigt. Ich ging davon aus, dass er studiert, sobald es ihm gesundheitlich bessergeht.«

»Oh, ja! Darrel wollte ursprünglich Philosophie studieren!« Socks lachte lauthals.

»Was gibt es da zu lachen? Noch etwas, was ich nicht wusste.«

»Das hat er mal erzählt, als er schon ziemlich betrunken war. Irgendein Lehrer auf dem Internat hatte ihm den Floh ins Ohr gesetzt. Aber was macht man danach beruflich? Taxi fahren?«

»Er war auf einem Internat?«

»Ich glaube, ich muss jetzt endgültig mein Maul halten. Ich dachte echt, dass das für dich alles nicht neu ist.« Socks lachte verlegen. »Wenn du Darrel direkt fragst, antwortet er. Nur von sich aus erzählt er nicht viel über sich. James ist ein Typ, der nachhakt, wenn ihm danach ist. Dylan und ich saßen da nur so dabei und staunten Bauklötze. Du weißt, wie Darrel damals war. Er schlich wie ein Schatten durch die Wohnung und machte sich noch kleiner und schmaler, als er so schon ist. Der saß abends buchstäblich in der Ecke. Zum Glück hat der Fußboden keine Astlöcher, sonst hätten wir Darrel darin suchen müssen.«

»Du vergisst, dass ich mit Maggie zusammenwohnte, als James und Darrel bei euch einzogen. Ihr habt euch automatisch mehr miteinander unterhalten als mit mir. Die beiden sind mir nach all den Jahren noch immer auf gewisse Weise fremd. Und James sollte ursprünglich auch nur vorübergehend bei euch zwei wohnen, bis er etwas gefunden hat. Dass der einfach bleibt, war nicht vorgesehen.«

»Er hatte auch brav ein Zimmer gesucht, bis wir ihn endlich überreden konnten, es sein zu lassen. Als er Darrel anschleppte, war ohnehin alles klar.

Den hätte er in dem Zustand nicht bei uns Rabauken zurückgelassen. Mitnehmen konnte er ihn aber auch schlecht.«

»Ihr habt ihn zum Bleiben überredet?«

»Ihn und Darrel. James brachte Stimmung in die Bude. Du kennst doch seine gute Laune, wenn er glücklich ist. Wir wollten ihn unbedingt dabehalten. Aber mir ist er auch immer noch ein bisschen fremd. Da ist manchmal etwas, das er hinter seiner guten Laune versteckt. Wirklich eng befreundet ist er nur mit Darrel und neuerdings offensichtlich mit Lou.«

»Mit Lou?«

»Ja, du hättest ihn sehen sollen, wie der sie nach der Trauung auf der Straße im Minutentakt umarmte. Dabei fing das gerade an zu nieseln. Der war völlig aus dem Häuschen.«

»Hoffen wir, dass das echt und nicht gespielt war.«

»Die hängen doch ständig gemeinsam auf der ulkigen Couch herum. Außerdem hat sie ihn mit Andy zusammengebracht. Zumindest sieht James das so.«

»Wie kam sie denn auf die kuriose Idee?«

»Ich glaube, so tief im Nähkästchen darf ich jetzt doch nicht wühlen.«

»Musst du nicht! Ist schon okay. Für meinen Seelenfrieden ist es sicherlich besser, wenn ich nicht alles weiß, was die Verrückten da unten machen. Mir genügt für heute das Handtuch unter meinem Hintern. Als Lou es mir gab, fand ich es das Selbstverständlichste auf der Welt, aber jetzt wird mir bewusst: Wir sitzen auf einem Handtuch auf der Außentreppe und unterhalten uns. Sind wir bescheuert? Drinnen ist es warm und bequem.«

»Ich sage dir doch schon die ganze Zeit, dass die einen Vollschaden haben. Die wollten mich vorhin allen Ernstes in ihrem Wohnzimmer einquartieren. Noch Fragen?«

»Ja, ich musste mir das Grinsen verbeißen. Die sind echt drollig!« Sean lachte.

»Deshalb habe ich auch kein schlechtes Gefühl dabei, dass die geheiratet haben. Darrel weiß, was gut für ihn ist.«

»Den Eindruck hatte ich bei seinen früheren Freundinnen aber überhaupt nicht«, meinte Sean ernst.

Schräg hinter ihnen wurde rumpelnd ein Erkerfenster hochgeschoben. »James hat Tee gekocht. Wenn ihr mir sagt, wie ihr euren trinkt, bringe ich euch zwei Becher«, rief Lou strahlend.

»Aber nicht dieses grüne Zeug, das du dir immer machst, oder?«, fragte Socks zweifelnd.

»Nein, das ist nur für die ganz Harten wie mich. Das traue ich euch Softies nicht zu«, erklärte sie fröhlich.

»Wir nehmen beide Milch und keinen Zucker«, antwortete Sean freundlich. »Vielen Dank für das Angebot.«

Das Fenster wurde wieder heruntergeschoben, und Socks murmelte: »Ich sage doch: Vollschaden!«

»Und ich sage: Darrels frühere Freundinnen waren nicht so drauf«, meinte Sean.

»Die hat er auch nicht geheiratet.«

»So kurzfristig, wie die Beziehungen dauerten, hätte er nicht rechtzeitig einen Termin für eine Trauung bekommen. Ganz so toll, wie du das hinstellst, war seine Menschenkenntnis früher nicht.«

»Er schämt sich andauernd für seine Vergangenheit. Das bringst du auch nicht aus ihm heraus. Die Mädchen konnten nicht damit umgehen.«

»Die haben sich wegen seiner Jugendsünde von ihm getrennt?«, fragte Sean und blickte verwundert.

»Na ja, nicht nur. Eine hat sich urplötzlich in Dylan verknallt und sich nackt in sein Bett gelegt. Als sie nicht gehen wollte, haben ihr James und ich ihr Kleid übergezogen und sie mit ihrem restlichen Zeug rausgeworfen. Die anderen beiden stammten aus einem ganz anderen Umfeld. Wenn du es gewöhnt bist, bei jedem kleinen Problem zu Mum und Dad zu laufen, kannst du dir nicht vorstellen, dass das bei anderen nicht so ist. Die Mädchen haben ihn, wie es so üblich ist, nach ein paar Wochen ihren Eltern vorgestellt. Und als die anfingen, ihn gnadenlos über seine Familie auszufragen, antwortete er wie immer ehrlich, dass er keinen Kontakt zu ihr hat, und zog sich dann in sein Schneckenhaus zurück. Worauf Mummy und Daddy sich genötigt sahen, das unschuldige Töchterlein eindringlich vor dem bösen Buben zu warnen. Merke: Wer keinen Kontakt zu seinen Eltern hat, muss zwangsläufig ein ganz schlechter Mensch sein. Denn Eltern haben immer recht und sind die Guten. Direkt nach der Empfängnis beginnt mit dem Kind der Heiligenschein der Mutter zu wachsen. Deshalb gibt es offiziell keine schlechten Mütter.

Und Väter stecken sich bei der Geburt mit diesem Rechthaber-Virus an.«

»Und was ist mit Lous Eltern?«

»Das weiß nur Darrel. Und Lou natürlich.«

»Aber er weiß es?«

»Ja. Definitiv. Er ist lediglich nicht so eine widerliche Plaudertasche wie ich und hat mir keine Details erzählt. Wahrscheinlich ist ihm klar, dass ich die brühwarm weitergeben würde.«

»Wobei wir wieder beim Ausgangspunkt wären: Oh, was für ein Arschloch ist doch unser Socks!«

»Endlich hast du es kapiert!« Socks grinste. »Hat echt gedauert.«

Hinter ihnen wurde leise knarrend die Haustür geöffnet, und Lou brachte freundlich lächelnd zwei Becher mit Tee. »Vorsicht! Die sind heiß! Ich stelle sie hier ab, und ihr könnt die Henkel anfassen. Schönen Abend noch!« Sie strahlte und wandte sich wieder zum Gehen.

»Danke!«, sagte Sean.

»Gute Besserung!«, rief ihr Socks hinterher.

»Du bist unmöglich!« Sean lachte.

»Ist doch wahr! So drauf zu sein, kann nicht gesund sein!« Socks betrachtete skeptisch den Becher. »Hoffentlich kommt das nicht vom Tee und ich werde jetzt auch so. Wenn ich es mir recht überlege, steht bei denen andauernd das Teetablett auf dem Tisch.«

»Die erlauben dir aber sicher, eine Kaffeemaschine in ihrer Küche aufzustellen, wenn es das ist, was dich abhält, ihre Einladungen anzunehmen«, meinte Sean zwinkernd.

»Das ist es ja, was mich so abschreckt: Dass sie mir die aberwitzigsten Dinge erlauben würden. Und nicht nur das. Sie würden es als ganz normal betrachten und sich nichts dabei denken.«

Sie nippten schweigend an ihren Bechern und betrachteten die Nachbarhäuser.

»Was wolltest du eigentlich ursprünglich beruflich machen?«, fragte Sean unvermittelt.

»Ich? Mein Traum war von Kind an, eines Tages ein ganz wunderbarer Buchhändler zu werden!«

»Blödsinn!«

»Wenn ich es doch sage!«

»Quatsch!«

»Ich wollte Schriftsteller werden. Aber nach zwei kläglichen Versuchen stellte ich überrascht fest, dass Romane in der Regel mehr als fünf Seiten haben und mir definitiv die Geduld fehlt, mir für die restlichen vierhundertfünfundneunzig auch noch etwas auszudenken, das die Leser wachhält. Ich fasse mich gern kurz. Außerdem habe ich keinen Führerschein und konnte kein Taxifahrer werden, was mit der Schriftstellerei sicherlich Hand in Hand geht. Wenn ich das gewollt hätte, hätte ich auch mit Darrel Philosophie studieren können.«

Ein Stück weiter fuhr ein Auto in eine Parklücke. Andy stieg aus, drückte auf die Verriegelung und kam lächelnd auf sie zu. »Was macht ihr hier? Habt ihr euch ausgesperrt?«

»Wir machen ein Picknick! Es ist schließlich nicht unsere Schuld, dass das Haus keinen großzügigen Park besitzt, in dem das Sinn ergeben würde«, antwortete Sean, stand auf und öffnete für ihn die Haustür.

»Sean und ich haben seit zwei Wochen eine Wette laufen, wer es am längsten ohne zu duschen aushält, und die Spielverderber da drinnen sabotieren das und lassen uns nicht mehr hinein. Überhaupt keinen Sportsgeist besitzen diese Nasenträger!« Socks schüttelte missbilligend den Kopf. »Hast du zufällig in drei Wochen etwas Zeit für uns? Wir bräuchten einen Schiedsrichter, falls es zu einer Pattsituation kommt.«

»Gern! Ich wollte mir schon immer mal eine Gasmaske zulegen, die zu meinem Abendanzug passt. Vielleicht kann Darrel mich dabei beraten.« Andy ging lächelnd hinein.

»Man merkt, dass der regelmäßig mit denen Tee trinkt«, meinte Socks. »Oder du hast recht, und es liegt doch an der Wohnung.«

Als es draußen zu kalt wurde, gingen beide ins Haus. Sean brachte die Becher und das Handtuch in die Parterrewohnung zurück. Socks schloss oben die Wohnungstür auf und hörte wie jeden Abend den Fernseher. Prinzipiell hatte er nichts dagegen, ab und zu einen Film anzusehen, aber die Dauerberieselung würde ihn überfordern. Er hatte Schwierigkeiten mit der Reizüberflutung und brauchte abends seine Ruhe. Deshalb sagte er nur kurz Hallo und ging auf sein Zimmer, um sich aufs Bett zu legen und ein bisschen zu lesen.

So ähnlich wie mir geht es Millionen von Teenagern, fiel ihm ein. *Mama und Papa sitzen vor der Glotze, und Sohn zieht sich auf sein Zimmer zurück. Nur kommt bei mir zum Glück keiner rein und labert mich voll von wegen, wie es in der Schule war, ob wir die Mathearbeit schon zurückbekommen haben und ob ich eine Freundin habe.*

Er schlug das Buch auf und sah sich verwundert das Lesezeichen an. *Woher zum Teufel stammt die Eintrittskarte? Ich bin seit Jahren nicht mehr im Kino gewesen!* Er dachte kurz nach, kam aber zu keinem befriedigenden Ergebnis und begann zu lesen. Nach wenigen Seiten legte er das Buch weg und starrte die Decke an. *Woher kommt die Eintrittskarte?* Er betrachtete sie genauer. Sie stammte vom letzten Mittwoch und war entwertet.

Wenigstens habe ich keinem den Abend versaut, als ich sie irgendwo gedankenlos eingesteckt habe. Mit dem abgerissenen Schnürsenkel, den ich vorher als Lesezeichen hatte, lassen sie einen garantiert nicht ins Kino. Ich muss mich wirklich mehr konzentrieren. Das kann so nicht weitergehen!

Ihm fiel ein, dass er vor wenigen Tagen in seiner Mittagspause neben Bridget gesessen hatte, die ebenfalls gelesen hatte. Vermutlich war das ihr Lesezeichen gewesen. Zufrieden nahm er wieder sein Buch zur Hand und las weiter. Nach einem Dutzend Seiten legte er es weg und starrte die Decke an. Er stand auf und öffnete das Fenster. Die frische, kalte Luft tat ihm gut. Er setzte sich aufs Fensterbrett, holte sein Telefon hervor und betrachtete es nachdenklich. Dann wählte er Tamsins Nummer.

»Hi, Stan!«, meldete sie sich. Sie hatte seine Nummer offenbar zu ihrem Adressbuch hinzugefügt.

»Hi! Ich wollte nur mal hören, ob du heiser bist. Es gehen so viele Erkältungen um.«

»Nein. Warum fragst du? Hätte ich dann etwas in Stans Sicherheitsdienst-Lotterie gewonnen?«

»Eine Rückenmassage mit Eukalyptusöl.«

»Klingt spontan verlockend, aber ich kann den Gestank nicht ausstehen. Gibt es Trostpreise mit dezenterer Duftnote?«

Socks blickte zur Decke hoch und fragte sich: *Was mache ich hier gerade?* Zu Tamsin sagte er: »Eigentlich wollte ich dich nur vor diesem Socks warnen. Das ist ein schrecklich gefühlloser und kaltschnäuziger Typ.«

»Möchtest du jetzt, dass ich widerspreche?«, flüsterte Tamsin.

»Am besten legst du gleich auf, wenn er das nächste Mal anruft. Dann lässt er den Quatsch in Zukunft, und dir bleibt einiges erspart.«

»Wie soll er dann aber den Zustand meiner Stimme überprüfen?«

Socks schloss die Augen. »Dafür bin ich da: Stan Hardy. Stets zu Diensten!«

»Ah! Ist das also eine Persönlichkeitsspaltung?«

»Vermutlich. Kann man die therapieren?«

»Ja, aber dazu sind mehrere Sitzungen nötig, fürchte ich.«

»Hast du vielleicht noch ein paar Termine frei für mich?«

»Morgen Abend?«

»Okay. Ich rufe dich an. Da kann ich auch gleich deine Stimme überprüfen. Von wegen Erkältung, Massage mit dezentem Duft und so.«

»Ich glaube, bis dahin werde ich sicherlich erkältet sein, wenn ich es mir so überlege.«

»Ja, das geht fix. Eben noch gesund und plötzlich ist man krank und muss unter Aufsicht das Bett hüten.«

»Zum Glück gibt es Stans Gratis-Sicherheitsdienst, der sich um alles kümmert.«

»Ja, da kann man beruhigt schlafen. Ich wünsche dir nachher eine gute Nacht«, flüsterte er.

»Bis morgen«, flüsterte sie und legte auf.

Socks betrachtete noch eine Weile das Telefon. Dann stand er auf, zog sich Jacke und Straßenschuhe an und ging eine Runde um den Block, um den Kopf freizubekommen.

5. Einsamkeit

Du bist so schweigsam in letzter Zeit«, sagte ich in der Mittagspause zu Tamsin, nachdem sie während meines Berichts über John, der die Kaffeemaschine ohne Filterpapier gestartet hatte, etwas geistesabwesend gewirkt hatte.

»Ich? Ja, oh, sorry! Ich habe dir zugehört, ohne zuzuhören. Tut mir ganz schrecklich leid!«

»Macht doch nichts.« Ich lächelte freundlich.

»Da ermuntere ich dich ständig, mehr zu erzählen, und dann höre ich nicht zu.«

»Ist doch eine nette Hintergrundberieselung«, scherzte ich, beeilte mich aber, als ich ihr schuldbewusstes Gesicht sah, zu versichern, dass das überhaupt nicht schlimm war. »Jeder hat doch mal Tage, an denen er unkonzentriert ist. Hast du Stress? Oder bist du krank?«

»Nein, ich denke nur ständig über etwas nach und komme zu keinem Ergebnis.«

»Kann ich dir helfen?«

»Nein, das muss ich mit mir selbst abmachen.« Sie lächelte unsicher. »Verstehst du das?«

»Ja, natürlich! Wenn du es mir nicht erzählst, kann ich dir schon keinen grottenschlechten Ratschlag aufdrängen, dadurch alles schlimmer machen und hinterher an allem schuld sein. So bin ich doch fein raus!«

Tamsin lachte. »Klingt sogar vernünftig, wenn man es von der Seite betrachtet.«

Ich biss in mein zweites Sandwich und starrte gedankenverloren den drei Jahre alten Fotokalender mit Motiven aus Irland an, mit dem die Wand der Teeküche dekoriert war, wo wir wegen des schlechten Wetters unsere Mittagspause verbrachten. Wir waren heute später dran und daher allein, weil ich ein sehr langes Telefongespräch geführt und Tamsin freundlicherweise mit ihrer Pause gewartet hatte.

Sie brach ihr Schweigen: »Ich mache wahrscheinlich gerade einen wundervollen Fehler.«

»Das Gefühl kenne ich«, antwortete ich spontan und wunderte mich über mich selbst. Vermutlich ging es ihr um etwas ganz anderes als das, woran ich momentan dachte, aber nun war es mir herausgerutscht.

»Tatsächlich?« Tamsin sah mich überrascht an. »Ich habe noch nie etwas getan, das gegen meine Prinzipien verstößt. Ich habe sie ab und an geändert, wenn ich sie für überholt hielt. Aber das Gefühl, etwas zu tun, was ich grundsätzlich für falsch halte, und dabei glücklich zu sein, kannte ich bisher nicht. Das passiert mir zum ersten Mal.« Sie lächelte entwaffnend.

»Und das verwirrt dich?«

»Ja.« Sie blickte vor sich hin und fragte nach einer Weile: »Wann hast du das so empfunden?«

»Als ich wegen eines Löschwasserschadens bei Darrel einzog. Wir waren erst kurz zusammen, und es erschien mir völlig falsch. Aber es war schön und ist noch immer schön.«

»Davon hätte ich dir abgeraten.« Tamsin lachte.

»Deshalb ist es gut, dass du mich nicht um Rat fragst. Womöglich würde ich dir auch abraten, und du würdest etwas Schönes verpassen.«

»Vielleicht ist es besser, wenn ich dir erst hinterher davon erzähle, wenn alles in Trümmern liegt. Darf ich mich dann bei dir ausheulen?«

»Natürlich. Ich bin immer für dich da. Und vielleicht kommt es auch zu gar keiner Katastrophe.«

»Wahrscheinlich mache ich mir zu viele Gedanken.«

»Ganz bestimmt. Du musst nur rechtzeitig den Absprung schaffen, bevor du endgültig todunglücklich bist. Den Moment darf man nicht verpassen. Ansonsten kann man schon mal etwas riskieren.«

»Ich habe Stan wiedergesehen.« Tamsin lachte. »Jetzt erzähle ich es dir also doch!«

»Und langsam wird er dein Typ?«

»Nein, ich stehe noch immer auf blonde Haare und blaue Augen, aber es geht ja nicht nur um die Optik.«

»Ja, Äußerlichkeiten werden völlig überbewertet. – Behaupte ich mit meiner Visage zumindest.«

»Ich weiß, dass er ein Luftikus ist, und ich sollte mich nicht mit ihm treffen.«

»Aber?«

»Aber ich treffe mich eben doch mit ihm.«

»Solange du glücklich bist und nicht vergisst, dass er ein Luftikus ist, ist das in Ordnung.«

Tamsin seufzte. »Ich beginne, mich klammheimlich zu fragen, ob er sich mit anderen trifft, obwohl ich die Antwort kennen müsste. Das ist schlecht. Das gehört definitiv nicht zum Spiel.«

»Ist es noch ein Spiel?«

»Genau das ist mein Problem. Ich denke zu oft an ihn.«

»Solange du keine weißen Riesenschleifen kaufst, ist alles erlaubt.«

»Nein, bei Stan denkt man garantiert nicht an Schleifen und Rosenbögen.« Sie lachte.

Die Nachricht von Toms Tod traf uns alle sehr unerwartet, obwohl wir darauf vorbereitet gewesen waren. Dennoch hatten wir nicht so bald damit gerechnet. Andy rief James an, der uns nach dem Abendessen fragte, ob jemand am Montag auf die Beerdigung gehen wollte. Er selbst konnte nicht freinehmen, und auch Dylan sah keine Chance, seine Schicht im Supermarkt so kurzfristig zu verschieben.

»Ich glaube, ich gehe da besser nicht hin«, meinte Socks verschämt. »Zumindest sollte ich mich von solchen Sachen fernhalten, solange ich keinen dreiwöchigen Benimmkurs erfolgreich absolviert habe.«

»Na, so sehr benimmst du dich doch auch nicht daneben.« Darrel sah ihn erstaunt an. »Bei der Trauung warst du jedenfalls ganz manierlich. Keine Buhrufe. Keine Pfiffe. Keine umgefallene Bierflasche. Nichts.«

»Ich weiß nicht. Am Ende beginne ich noch, aus lauter Nervosität zu kichern.«

»Socks, wenn du nicht möchtest, dann solltest du auch nicht hingehen«, sagte ich zu ihm. »Wenn dich das so beschäftigt, fängst du womöglich wieder mit dem Rauchen an. Das hätte Tom bestimmt nicht gewollt.« In Wirklichkeit hatte ich Angst, dass ihn die ganze Prozedur an die Beerdigung seiner Mutter erinnern würde. Letztendlich handelte es sich um eine Geste gegenüber einer anderen Band, mit der es kaum noch Berührungspunkte gab. Tom war im weitesten Sinne ein Kollege gewesen und kein Freund.

»Ja, ich glaube auch, dass du nicht hinmusst«, stimmte Sean zu. »Niemand erwartet von uns, dass wir alle freinehmen. Ich gehe hin, weil ich Nick von früher kenne. Es reicht, wenn sich einer von uns blicken lässt.«

»Ich komme mit«, sagte Darrel. »Ich kann zwischendurch mal weg. Mein Zeitkonto platzt ohnehin aus allen Nähten. Wenn was Wichtiges ansteht, kann ich auch abends nacharbeiten.«

»Das ist nett von dir!« Sean lächelte ihn dankbar an. »Da bin ich nicht allein unter Fremden. Andy sitzt wahrscheinlich bei den Bandkollegen. Wir können uns weiter hinten einen Platz suchen.«

»Wenn Darrel hingeht und man ihn zwischen dunkel gekleideten Leuten leuchten sieht, entsteht schnell der Eindruck, dass wir alle dort waren«, versuchte James einen Scherz. »So ähnlich wirken wir auf der Bühne, wenn man flüchtig hinsieht.«

Wir lächelten gequält.

Darrel erklärte: »Ich werde meinen Hut aufsetzen. Normalerweise wäre es albern, aber hier kann man es als Anlehnung an mein Bühnenoutfit interpretieren, und ich falle dadurch wirklich weniger auf.«

»Möchtest du, dass ich mitkomme?«, fragte ich ihn.

»Nein, das ist nicht nötig. Du hast Tom kaum gekannt.«

»Ich dachte, als moralische Unterstützung.«

Er flüsterte mir ins Ohr: »Wenn du weinst, weine ich mit.«

»Lass mal besser«, meinte Sean. »Ich gehe auch lieber ohne Maggie hin.«

»Ich kann ohnehin nicht freinehmen«, erklärte sie und zuckte verlegen mit den Schultern. »Außerdem erinnert mich das immer an die Beerdigungen meiner Eltern. Socks, du gehst da auf keinen Fall hin, hörst du?«

Er fuhr richtiggehend zusammen. »Zu Befehl!«

»Wir können uns abends ein bisschen zusammensetzen, wenn ihr wollt«, schlug James vor. »Andy kann auch zum Essen kommen und hierbleiben. Wir können alte Geschichten von der Tour aufwärmen, uns so richtig hineinsteigern und voll mies draufkommen.«

»Ja, das festigt das Gemeinschaftsgefühl«, bestätigte Dylan.

»Geben wir uns gepflegt die Kante, missverstehen einander und prügeln wir uns. Das schweißt zusammen«, schlug Socks vor.

»Nein, euch nehmen wir wirklich besser nicht mit!«, bekräftigte Sean noch einmal.

»Ich will kein Spielverderber sein, aber wir sollten wirklich etwas zusammen unternehmen. Und zwar etwas, bei dem wir uns bewegen. Wenn wir nur hier herumsitzen, werden wir wirklich irgendwann schwermütig«, stellte Maggie fest. »Wie wäre es mit einer Wanderung am Sonntag? Arbeitest du da, Dylan?«

»Gute Idee, aber wovon willst du die Flüge nach Spanien bezahlen?«, erkundigte sich Dylan grinsend.

»Wer hat denn etwas von Urlaub gesagt?«, fragte Sean.

»Über den britischen Inseln schüttet es am Wochenende jedenfalls wie aus Kübeln, sagt die Wettervorhersage. Also erzählt mir bitte hinterher, wie eure Matschwanderung war, während Sarah und ich es uns im Trockenen gemütlich machen.«

»Wir könnten die oberste Wohnung renovieren«, schlug Socks vor. »Damit endlich der glänzende Fleck verschwindet, wo Dylan immer sein Buch gegen die Wand geschlagen hat, wenn ich ihm nicht zugehört habe.«

»Damit wollten wir doch warten, bis du in den Keller gezogen bist«, meinte Dylan, und Sarah nickte bestätigend.

»Mit meinem Zimmer müssen wir warten. Den Rest können wir jetzt in Angriff nehmen. Was weg ist, ist weg.«

»Wir können auch meinen Abstellraum im Keller ausräumen und die Sachen auf den Dachboden schaffen«, schlug Maggie vor. »Dann könnt ihr den Raum schon einmal für Socks herrichten. Einziehen kann er natürlich erst, nachdem die Fliesenleger da waren. Vor dem Sommer wird das aber wohl nichts.«

»Wir wollten aber nicht mies draufkommen. Wenn wir die Sachen durchs Haus tragen, will ich dich nicht im Treppenhaus sehen«, meinte Sean streng.

»Irgendwann muss ich mich daran gewöhnen, dass die Sachen jetzt Sarah gehören«, sagte Maggie leise.

»Das muss aber nicht ausgerechnet an diesem Wochenende sein«, antwortete Sarah mit Nachdruck, und wir alle sahen sie erstaunt an.

Wenn ich mich nicht täuschte, war das abgesehen von Höflichkeitsfloskeln der erste Satz, den sie seit Wochen beim Abendessen gesprochen hatte. Vielleicht musste ich mir doch keine Sorgen um die Sprachentwicklung ihres Kindes machen. Vermutlich plapperten wir anderen nur viel zu viel, und sie schwieg deshalb lächelnd.

***

»Hi, Stan!«, meldete sich Tamsin, als Socks sie am Freitagabend anrief.

»Hi, Tamsin!« Er wusste plötzlich nicht mehr, was er hatte sagen wollen.

»Hast du gestern etwas vergessen?«, neckte sie ihn.

»Mmh. Ja. Ich wollte dich noch auf die linke Schulter küssen. Die rechte hatte ich ausreichend geküsst, aber die linke nicht. Ich hoffe, du bist nicht den ganzen Tag schief herumgelaufen. Tut mir echt leid!«

»Ach, das erklärt es natürlich. Ich hatte mich schon gewundert. – Meinst du wirklich die Schulter?«

»Nein, aber das klingt am Telefon weniger unanständig.«

»Ein Gentleman genießt und schweigt?«

»Genau! Ich muss das jedenfalls dringend ausgleichen, bevor du ernsthafte Schwierigkeiten mit der Wirbelsäule bekommst. Wann hast du Zeit?«

Tamsin kicherte. »Jetzt gleich, wenn du magst.«

»Jetzt gleich ist schlecht, weil mein Überschallflugzeug in der Werkstatt ist, aber ich schau mal, was der öffentliche Personennahverkehr hergibt.«

»Ja, überprüfe dort die Sicherheit zwischen Camden und Islington. Die Verkehrsbetriebe werden es dir danken.«

»Das mache ich alles nur für *Transport for London*. Ich bin mir meiner Pflichten als Bürger dieser Stadt bewusst.«

»Ja, ich weiß. Es macht dir alles überhaupt keinen Spaß, aber die Pflicht ruft.« Tamsin kicherte.

»Ich habe unheimlich viel Spaß mit dir. Du bist die wunderbarste Frau der Welt«, flüsterte Socks und beendete das Gespräch. Verwundert blickte er auf sein Mobiltelefon. Was hatte er da eben zu ihr gesagt?

Er sprang auf, zog sich Jacke und Straßenschuhe an und sprintete los. Es galt, Geschwindigkeitsrekorde aufzustellen.

Tamsin kuschelte sich eng an Socks, küsste ihn auf sein linkes Ohrläppchen und flüsterte: »Du bist übrigens überhaupt nicht mein Typ. Ich stehe mehr auf blond und blauäugig.«

Er drehte den Kopf zu ihr, lächelte und küsste sie auf den Mund. »Du bist auch überhaupt nicht mein Typ. Ich stehe mehr auf doof, geltungssüchtig und oberflächlich. Aber wenn man verzweifelt ist, nimmt man mit, was man kriegen kann.«

»Du musst sehr verzweifelt sein, wenn du so oft auf eine Behelfslösung wie mich zurückgreifen musst.«

»Das ist ein wissenschaftliches Experiment zur Fragestellung: *Wie oft muss man mit einer Frau schlafen, bis sie sich von ihrem lächerlichen Schönheitsideal verabschiedet und ab sofort auf dunkelhaarige Typen steht?*«

»Oh, sehr oft!«

»Hilfe! Mach mal halblang! Ich kann auch nicht hexen!«

Tamsin lachte. »Muss nicht alles heute sein. Du kannst mich ja mal wieder besuchen.«

»Mach ich. Die Testreihe ist noch lange nicht abgeschlossen.«

»Verrate aber bitte Lou nichts davon. Ich erzählte ihr nur von Stan.«

»Es ist nicht meine Art, mit Lou über mein Sexleben zu sprechen.« Socks lachte verlegen.

»Sorry! Das war jetzt wirklich blöd von mir!«

»Ach, nein!« Er küsste sie. »Ist schon okay. Ich verstehe, was du meinst. Aber was erzählst du ihr denn so über Stan?«

»Keine Details. Nur dass er nicht mein Typ ist und ich ihn aus purer Vergnügungssucht mitgenommen hatte, meine Mutter ihn aber ganz toll fand, als sie ihm begegnete.«

»Das war also deine Mutter. Na ja, ich stehe zwar auf Frauen, die ein bisschen älter sind als ich, aber übertreiben will ich es auch nicht. Muss ich mich also weiter mit dir behelfen.«

»Ich bin dreiunddreißig.«

»Ich bin zweiundvierzig und ein guter Lügner.«

»Du bist ein miserabler Lügner!«

»Ich benutze heimlich deine Tagescreme. Deshalb sehe ich viel jünger aus. Genau wie du und die widerlich grinsende Frau auf den Werbeplakaten in den Parfümerieabteilungen der Kaufhäuser.«

»Jetzt trägst du aber dick auf!«

»Die Creme muss man dick auftragen, um diesen sagenhaften Effekt zu erzielen.«

»Du bist ein abgrundtief grottenschlechter Lügner.«

»Aber?«

»Möchtest du jetzt ein Kompliment hören?«

»Du kannst es mir ins Ohr flüstern. Hauptsache, mein übergroßes Ego hört es.« Socks küsste sie, und Tamsin konnte nicht antworten.

***

Darrel, Sean, James und Andy trafen sich mit Colin, dem Tontechniker aus dem unabhängigen Tonstudio, in dem im Mai die Aufnahmen stattfinden sollten. Den Kontakt hatte Andy hergestellt, und sie wollten sich in einem Restaurant ganz zwanglos kennenlernen und die weitere Vorgehensweise besprechen.

Bei unserem gemeinsamen Abendessen waren wir daher nur zu fünft, was Maggie aber nicht davon abgehalten hatte, für gefühlt fünfzehn zu kochen. Sie lud mich anschließend in ihre Wohnung ein, wo sie mit Sarah und Dylan Cluedo spielen wollte. Ihm schien das tatsächlich Spaß zu machen, und ich konnte die freundliche Einladung mit gutem Gewissen ablehnen. Ich bot an, den Tisch abzuräumen, was Maggie an ihrem Küchendiensttag normalerweise niemals akzeptiert hätte. Doch diesmal bedankte sie sich strahlend. Konnte man von Cluedo süchtig werden? Bis zur Selbstverleugnung und Persönlichkeitsveränderung? Wenn ja: Gab es entsprechende Selbsthilfegruppen? Oder sollte ich den Dingen ihren Lauf lassen, weil es sich, wie ich ganz egoistisch hoffte, eventuell mit der Zeit auch positiv auf zukünftige Eintopfmengen auswirken konnte?

Nachdem ich die Spülmaschine eingeräumt und gestartet hatte, machte ich es mir mit meinem Buch auf der Couch bequem. Momentan musste *Vanity Fair* von William Makepeace Thackeray daran glauben, was ich seit Ewigkeiten nicht mehr gelesen hatte. Das leicht wellige Papier erinnerte mich an den Wasserschaden in Julias Wohnung, und ich lächelte bei dem Gedanken daran, wie mich der überstürzte Umzug damals verunsichert hatte. Es war alles gutgegangen. Doch es war mir bewusst, dass ich Glück gehabt hatte. Die Beziehung mit Darrel hätte genauso im kompletten Desaster enden können. Dann würde ich jetzt höchstwahrscheinlich Julia und Gavin/Kevin tatkräftig bei der Schuldentilgung behilflich sein oder bei einer anderen von Julias Sorte zur Untermiete wohnen und müsste mich an deren Marotten gewöhnen. Darrel hatte entweder keine Schrullen, oder sie waren mit meinen so kompatibel, dass sie mir nicht auffielen.

Ich las ein paar Seiten und legte das Buch weg. Was war nur los mit mir? Einsamkeit? Ich musste über mich selbst schmunzeln. *Reiß dich zusammen,* sagte ich zur weinerlichen Seite meiner facettenreichen Persönlichkeit. *Er ist nur in Nordlondon und nicht in Nordengland.* Aber ich gestand mir ein, dass ich ihn vermisste. Ich war noch nicht oft einen ganzen Abend lang allein in dieser Wohnung gewesen, wurde mir schlagartig bewusst. Die Bandproben dauerten meist nur maximal zwei Stunden, und im Laufe des Abends war häufig Andy gekommen und hatte auf James gewartet. Wenn sich Darrel und Socks in den Proberaum zurückzogen, war James hier, oft zusammen mit Andy.

Selbst am Anfang der Tour hatte ich meine Freizeit mit Maggie verbracht. Zum Glück konnte man Cluedo nicht zu zweit spielen, denn das hätte mir damals bestimmt den Rest gegeben. Der Gedanke, was während einer zukünftigen Tour mit Gewissheit auf mich zukam, ließ mich erschaudern. Ich hatte nichts gegen Sarah. Sie war unheimlich liebenswürdig und ein sehr angenehmer Mensch. Doch ich verfluchte die Macher des Spiels, die nicht vier Spieler als Mindestanzahl vorgesehen hatten. Andererseits hätte ich dann an diesem Abend eine Gehirnwäsche über mich ergehen lassen müssen und würde nun ebenfalls da oben sitzen. Nein, alles war gut, wie es war. Nur war ich einsam. Warum auch immer, ich Waschlappen!

Eine SMS von Darrel informierte mich, dass es später werden konnte. Ich holte den Staubsauger und zog kurzerhand meinen Anteil an den Putzarbeiten um einen Tag vor. Da ich schon einmal dabei war, reinigte ich gleich das Bad und die Küche. Letztendlich wusste ich ohnehin nichts mit mir anzufangen und machte gern den anderen eine

Freude. Ich bügelte drei Blusen und zwei T-Shirts. Mehr Ablenkung gab der kleine Haushalt leider nicht her. Wünschten sich deshalb die meisten Leute ein großes Haus?

Danach beschloss ich, es mir wie früher, als ich noch solo gewesen war, so richtig gemütlich zu machen, kochte mir einen grünen Tee und zündete eine Stumpenkerze an. Dann beschäftigte ich mich wieder mit den Tricks und Raffinessen einer Becky Sharp.

Bald legte ich das Buch erneut weg. Ich stand auf und holte mir eines von Darrels Hemden aus dem Schmutzwäschebehälter. Das breitete ich über der Lehne der Eckcouch aus, kuschelte mich in die Ecke und vergrub das Gesicht im Hemd. Die Albernheit des Unterfangens war mir dabei durchaus bewusst. Aber wenn das Alleinsein schon den Vorteil hatte, dass einen keiner sah, sollte man das auch zu seinen Gunsten nutzen.

Ich blickte aus den Fenstern des Erkers und sah über den Häusern der gegenüberliegenden Straßenseite den Mond. Die Dämmerung setzte langsam ein. Doch da ich nicht mehr lesen wollte, machte ich kein Licht. Ich legte meine Wange an den glatten Stoff des Hemdes, das noch ganz leicht nach Deo und ein klein wenig nach Darrel roch, sah mir die Mondsichel an und dachte an meinen Liebsten.

Ich schreckte aus dem Schlaf hoch, öffnete die Augen und schloss sie, geblendet vom gleißenden Licht der Deckenlampe, gleich wieder. Dass das mehrstimmige Gelächter von Darrel, James und

Andy stammte, konnte ich mir denken und verzichtete großzügig auf die optische Gegenprobe.

»Guten Morgen!« Darrel zog mich ruckartig hoch und küsste mich stürmisch. Dann ließ er mich in meine Ecke zurücksinken und setzte sich schwungvoll daneben. Langsam gewöhnten sich meine Augen an die Helligkeit.

»Wir gehen tanzen!«, verkündete James. »Ich muss mich nur noch ein bisschen aufbrezeln. Und was habt ihr vor?«

»Oma und Opa sitzen den Rest des Abends auf dem Sofa und machen ein dummes Gesicht«, erklärte Darrel ganz ernsthaft.

Andy setze sich auf die andere Seite der Couch und lächelte freundlich. Er trug wie immer, wenn er von der Arbeit kam, einen Anzug.

»Und du musst dich nicht umziehen?«, fragte ich ihn verwundert.

»Nein, heute ist es mal andersherum: James gleicht sich optisch an mich an.« Er lachte. »Das kann heiter werden!«

Wenig später tauchte James auf, der tatsächlich ebenfalls in einem Anzug steckte. Die Krawatte hatte er ungebunden um den hochgeklappten Kragen gelegt. »Dreh mir mal bitte einen Strick«, sagte er zu Andy. »Ich habe das seit der Schulzeit kaum noch geübt und bräuchte sonst bis zum Morgengrauen.«

Andy stand auf und überlegte kurz. »Setz dich auf einen Stuhl. Das geht einfacher, wenn ich das von oben sehe. Ich habe das noch nie bei anderen gemacht.«

»Darrel?« James sah ängstlich in unsere Richtung.

»Lass das ruhig mal Andy machen. Ich habe Feierabend!«, verkündete Darrel feixend und legte seinen Arm um meine Schulter. »Außerdem verspricht das Abendprogramm in diesem Wohnzimmer äußerst spaßig zu werden.«

»Setz dich auf den Stuhl und halt still!«, kommandierte Andy lachend.

»Ist das jugendfrei, was ihr da vorhabt?«, erkundigte ich mich.

»Das möchte ich auch gern wissen«, gestand James. »Bindest du mich jetzt am Stuhl fest?«, fragte er Andy.

»Natürlich! Wie soll ich sonst an dein Portemonnaie kommen? Du bist schließlich stärker als ich!«

»Du sollst mich nicht fesseln, sondern nur meine Krawatte binden.«

»Entweder setzt du dich jetzt da auf den Stuhl, oder du leihst mir eine Jeans und ein T-Shirt, und wir gehen woanders hin.« Andy konnte kaum sprechen vor Lachen.

»Helft ihr mir, wenn ich euch darum bitte?«, frage uns James, als er sich hinsetzte.

»Kommt darauf an, wer von euch mehr zahlt«, meinte Darrel. »Andy hat ja dann dein Portemonnaie. Es sieht also nicht gut für dich aus.«

»Stimmt! Wir hätten eigentlich für die Nummer auch Eintritt verlangen können!« Andy stellte sich hinter den Stuhl, beugte sich über James' rechte Schulter und band ihm die Krawatte.

»Das war alles?« James schien sichtlich erleichtert zu sein.

»Was hast du sonst noch erwartet?«, fragte Andy zurück. »Sollte ich in deiner Bitte irgendwelchen Subtext überhört haben, tut es mir ehrlich leid.«

Die beiden verabschiedeten sich und gingen zur Tür.

»Macht ihr bitte wieder das Licht aus?«, bat Darrel.

»Warum? Bildet sich Lou immer noch ein, dass sie hässlich ist?«, fragte James lachend.

»Wir wollen uns den Mond ansehen.«

»Huch! Schnell weg! Hier stinkt es gleich nach Romantik.« James drückte auf den Schalter. »Besser so?«

»Perfekt! Danke!«, antwortete ich.

Ich blickte aus dem Fenster und sah im Licht der Straßenlaternen Andy die Außentreppe hinuntergehen. Auf dem Gehweg drehte er sich zu James um, der wie Fred Astaire die Treppe hinuntertänzelte, ins Straucheln kam und von Andy aufgefangen wurde. Ihr Lachen war bis hier zu hören. Ich schaute weg, weil ich mir plötzlich wie ein Spanner vorkam. Im Schein der Kerze wirkte Darrels Gesicht sehr jung und zart.

»Möchtest du auch mal tanzen gehen?«, fragte ich ihn. »Ich könnte versuchen, es zu lernen.«

»Dort, wo die heute tanzen, würden wir wahrscheinlich ziemlich auffallen. Und damit meine ich nicht deinen experimentellen Stil bei Gesellschaftstänzen. Der ist so niedlich – den solltest du dir nicht mit Tanzstunden verderben.«

»Ich verstehe. In Soho gibt es nichts, das es nicht gibt. Was habt ihr eigentlich vorhin besprochen?«

»Ach, alles und nichts. Eigentlich wollten wir nur etwas essen gehen. Das war Andys Idee. Dann setzten wir uns ins Auto und hörten uns ein paar Demoaufnahmen an, die Sean mitgebracht hatte.«

»Ihr seid die ganze Zeit im Auto gesessen?«, fragte ich verwundert.

»Ja, man muss entweder Musiker oder total bescheuert sein, um das zu verstehen. Colin hat ein paar Ideen, die wir besprochen haben. Prinzipiell wird es so laufen, dass ich das Zeug mit seiner Unterstützung produziere. Ich traue mir das nicht zu, aber offensichtlich alle anderen mir.«

»So, so! Da teile ich also mit einem Musikproduzenten das Bett und weiß das gar nicht.«

»Mit einem Musikproduzenten, der noch keinen blassen Schimmer hat, was er da tun muss.«

»Wenn man sich heutzutage die Musik anhört, scheinst du nicht der Einzige zu sein, der keine Ahnung hat.«

»Und was hast du hier im Dunkeln gemacht? Etwa auf jemanden gewartet?«, neckte er mich.

»Ja, auf unseren Chauffeur. Wir wollten heute durchbrennen, aber ich wusste gleich, dass er sich letztendlich für die Köchin entscheiden wird. Sie kann nun einmal besser kochen als ich.«

»Ist mir recht! Da muss ich um die Uhrzeit nicht nach Gretna Green fahren und dich anlächeln.«

»Wärst du denn gekommen?«

»Kann man sich das aussuchen?«

»Nein. Das Zurückholen der aus Langeweile entlaufenen Ehefrauen gehört zu den ehelichen Pflichten. Steht auf der Heiratsurkunde im Kleingedruckten.«

»Allerspätestens Ende Mai wird übrigens endgültig alles vorbei sein.«

»Du sprichst jetzt aber nicht von unserer Ehe, oder?«

Er lachte. »Nein, von den Arbeiten im Tonstudio und deiner daraus resultierenden Langeweile.«

»Dann habe ich ja Glück, dass unser Chauffeur sich für die Köchin entschieden hat. Sonst hättest du für die dann mehr Zeit.«

»Wie sieht sie aus?«

»Fahr nach Gretna Green und schau sie dir an.«

»Nicht um diese Uhrzeit.«

»Dann musst du weiterhin mit mir vorliebnehmen. Selbst schuld!«

»Übrigens … Falls du mein Hemd suchst: Das habe ich vorhin hinter die Couch geworfen, damit sie es nicht sehen«, flüsterte er mir ins Ohr.

Meine Wangen wurden glühend heiß. Das Hemd hatte ich ganz vergessen! Deshalb hatte er mich also bei der Begrüßung geradezu aus meiner Ecke gezerrt. Das war sonst nicht seine Art. Er hatte in Windeseile das Hemd unter mir hervorgezogen und verschwinden lassen.

»Schieß los«, sagte ich verlegen.

»Was meinst du?«

»Die Top Ten der lustigsten Witze über Frauen, die sich an Hemden kuscheln.«

»Lou, du musst dich nicht schämen, dass du mich vermisst hast. Es wäre für mich schlimmer, wenn du mich nicht mehr vermissen würdest. Ich war fast mein Leben lang einsam. Das hat sich erst vor einem Dreivierteljahr geändert. Ich weiß aber noch zu gut, wie sich das anfühlt. Das ist überhaupt nicht witzig.«

»Ich bin nicht einsam.«

»Vorhin hast du dich aber einsam gefühlt. Das darf nicht passieren.« Darrel zog meinen Kopf auf seine Schulter und strich mir durchs Haar.

»Du darfst nicht glauben, dass du permanent dafür sorgen musst, dass ich glücklich bin. Ein bisschen Einsamkeit und Sehnsucht lassen mich spüren, was ich an dir habe«, flüsterte ich.

Er küsste mich. »Ich kann dir auch gar nicht versprechen, dass du nie einsam sein wirst, aber ich werde immer nach Hause kommen, todernst mein dreckiges Hemd in den Wäschekorb zurücklegen und dich ganz fest umarmen. Das verspreche ich. Ich brauche dich. Bei dir komme ich zur Ruhe.«

»Das finde ich schön. Ich könnte stundenlang hier mit dir sitzen und den Himmel betrachten. Mehr brauche ich gar nicht.«

»Dann kann ich die Theaterkarten, die ich gestern für uns besorgte, also wieder zurückgeben?«

»Untersteh dich!«

»Wenn ich das mache, komme ich wohl plötzlich nicht mehr bei dir zur Ruhe, fürchte ich.« Er begann, mich auf die Wange, den Hals und den Nacken zu küssen.

»Lass mich raten: Du hast ein schlechtes Gewissen, weil so viel Urlaub für die Studioaufnahmen draufgehen wird, und weißt nicht, wie du mir das schonend beibringen kannst.« Ich kicherte und küsste ihn auf den Mund.

»Hey! Keine fiesen Unterstellungen! Ich überprüfe nur mal, wie viele Stellen du hast, die man küssen kann. Das sind erstaunlich viele!«

»Weil ich einen feisten Hals habe?«

»Haha! Netter Scherz! Achte mal besser auf dein Gewicht. Sonst hole ich mir bald blaue Flecke an deinen spitzen Hüftknochen!«

»Du machst so reizende Komplimente!«

»Um auf deine reizende Unterstellung zurückzukommen: Ich brauche voraussichtlich zwei Tage von meinem diesjährigen Urlaub. Den Rest kann ich mit altem Urlaub und Überstunden abdecken.«

»Wie hast du das gemacht, dass du den jetzt noch nehmen darfst?«

»Ich habe im Dezember nett gefragt.«

»Hast du dabei so lieb gelächelt wie jetzt?«

»Kann sein …« Er schenkte mir sein Verstandkillerlächeln.

»Ist dein Chef eine Frau?«

Er lachte. »Nein, ich habe drei männliche und – soviel ich weiß – heterosexuell veranlagte Chefs, aber einer davon ist mein Patenonkel. Der hat ein schlechtes Gewissen, weil er mich nie einlädt.«

»Warum nicht?«

»Wie erkläre ich das jetzt, ohne dass er schlecht dasteht? Das hat sich im Laufe der Jahre so ergeben. Es herrschte wegen irgendeines Streits in meiner Kindheit sehr lange Funkstille zwischen seiner Familie und meinen Eltern. Als ich im Krankenhaus lag und noch nicht so recht wusste, wo oben und unten war, fragte mich James nach Leuten in meinem Umfeld, die ich in guter Erinnerung hatte. Dass Sean die kontaktieren wollte, kapierte ich in meinem Zustand nicht und antwortete brav. Meine Großtante lebte nicht mehr, aber mein Patenonkel zeigte sich aufgeschlossen, als er hörte, was ich mir für eine Scheiße geleistet hatte. Unter der Bedingung, dass ich mich von seiner Familie fernhalte, bot er mir zuerst einen kleinen Job an: Staubwischen, Regale aufräumen, Kleidungsstücke aufbügeln und so was. Als ich fleißig und pünktlich bei der Sache war, fragte er mich, ob ich das Nähen lernen möchte. Ich war total dankbar, und er brachte es mir nach Feierabend bei. Das machte ich dann eine ganze Weile. Irgendwann weihte er mich auch Stück für Stück in die Geheimnisse des Schneiderhandwerks ein. Ich lerne noch immer dazu. Bis man alle Feinheiten beherrscht, dauert es. Vieles ist jahrelange Erfahrung. Ich bin ihm jedenfalls sehr dankbar.«

»Und warum darfst du seine Familie nicht sehen?«

»Du musst bedenken, wie fertig ich damals war. Typen wie mich stellt man nicht seinen drei halbwüchsigen Töchtern vor. Das würde ich, wenn ich ganz ehrlich bin, auch nicht machen.«

»Und dabei ist es geblieben?«

»Ja. Aber ich sehe das ganz entspannt. Er ist ein bisschen schräg drauf, aber ein unheimlich netter Mensch.«

»Inwiefern schräg?«

»Als ich ihm erzählte, dass ich dich geheiratet hatte, fragte er, ob du schwanger bist. Ist natürlich naheliegend, wenn das Patenkind vorher vergisst, die Freundin zu erwähnen. Ich erzählte ihm ganz offen, dass ich mir Sorgen wegen deiner Staatsangehörigkeit mache, und er sah das auch so. Gegen Ende des Tages gab er mir einen Umschlag mit fünfhundert Pfund als Hochzeitsgeschenk und empfahl mir, sie aufzuheben, falls wir für dich irgendwann einen Anwalt brauchen. Er ist sehr nüchtern und praktisch veranlagt.« Darrel lachte.

»Das ist unheimlich nett von ihm. Ein wesentlich kleineres Geschenk hätte es aber eigentlich auch getan.«

»Ich hatte gar keines erwartet. Er kam jedoch nicht auf die Idee, dich mal kennenlernen zu wollen. Er ist schon ein komischer Kauz. Aber ich bin mir sicher, wenn wir wirklich einen Anwalt brauchen, hört er sich sofort um, welcher sich mit der Thematik auskennt. So ist er.« Darrel lachte und strich meine Haare nach hinten. »Mit dir möchte ich alt werden«, flüsterte er mir ins Ohr.

»Ich mit dir auch«, flüsterte ich zurück. »Muss ja nicht jetzt auf der Stelle sein. Erst noch ein bisschen zusammen jung sein, und dann kann es meinetwegen losgehen mit dem gemeinsamen Altwerden.«

»Guter Plan!« Er küsste meinen Hals, zog meine Bluse an der Schulter herunter und bedeckte diese mit vielen zarten Küssen. »Wusstest du eigentlich schon, dass du wunderbare Stellen hast, die man küssen kann?«, murmelte er. »Was hast du denn da Schönes an? Kann man das ausziehen?«

»Probiere es aus. Hast du irgendetwas vor?«, fragte ich lächelnd.

»Wir könnten deine Bluse zu meinem Hemd legen und die beiden hier allein lassen. Wir sollten sie aber vorher aufklären, sonst liegen in neun Monaten lauter Kleidungsstücke in der Wohnung herum, die uns viel zu klein sind, und James nervt mit blöden Fragen.«

»Ich dachte, du wolltest dir den Mond ansehen«, sagte ich scheinheilig.

»Der ist morgen auch noch da. Außerdem können die beiden ihn für uns betrachten und anschließend berichten. Die doofen Klamotten sollen auch was tun für ihr Geld.«

»Und was machen wir währenddessen?«

»Wir gehen zusammen duschen und ins Bett.«

»Ich bin aber noch nicht müde.«

»Du hast auch vorhin auf meinem Hemd geschlafen und bist jetzt munter. Aber ich will nicht so sein und küsse dich dort noch ein bisschen. Wenn ich richtig mitgezählt habe, müssten ein paar Stellen übrig sein.«

»Und wenn du dich verzählt hast?«

»Dann fange ich von vorn an und entdecke neue.«

»Das klingt äußerst vielversprechend.«

6. Lama mit Rose

Da Socks am Samstag arbeiten musste, waren Maggies Raum im Keller, sein Wohnzimmer, die Arbeitsfläche seiner Küche und Dylans Schlafzimmer bereits leergeräumt, als er am späten Nachmittag nach Hause kam. An der Wohnungstür klebte ein Zettel, auf dem in Lous mädchenhafter Handschrift stand: *Komm zu uns. Wir trinken Tee. J+D+L*

Was auch sonst?, dachte er seufzend, zog Schuhe und Jacke aus und brachte sie in sein Schlafzimmer, das zum Glück noch so aussah wie immer. *Ich möchte einmal erleben, dass da ein Zettel hängt: Wir geben uns mit drei Flaschen Whisky die Kante. Eine vierte wartet auf dich. J+D+ Wie heiße ich doch gleich nochmal? Egal! Irgendwas mit L.*

Ihm fiel auf, dass er seit zwei Wochen keinen Alkohol mehr getrunken hatte. *Scheiße! Wie konnte denn das passieren?*, dachte er amüsiert. *Ich werde alt!* Aber die Erklärung war einfach. Er trank nie allein. Sarah verzichtete logischerweise konsequent, weil sie schwanger war. Dylan trank aus Rücksicht auf sie momentan ebenfalls nicht. Socks trank zu Hause nicht ohne Dylan. Und in letzter Zeit war er auch in keinen Pub gegangen, sondern hatte viele Stunden in seinem Zimmer und bei Tamsin verbracht, die offensichtlich auf gesunde Ernährung stand und ihm mehrmals eine absonderliche Plörre namens *Jasmintee* vorgesetzt hatte. Man genoss ihn traditionell ohne Milch, um die volle Entfaltung der wertvollen Inhaltsstoffe nicht zu gefährden. Zumindest zierte irgendein ähnlicher Schmus die Verpackung, die sie ihm gab, nachdem er angezweifelt hatte, dass das Getränk zum Verzehr geeignet war, und es als Blattlausbekämpfungsmittel bezeichnet hatte.

Lag es vielleicht an dem Jasmintee, dass er ständig an Tamsin dachte? Vergiftete diese Sorte von Frauen systematisch ihre Mitmenschen, um deren Willen zu brechen? Andererseits trank Lou ihre grüne Giftbrühe allein. Der Wahnsinn der Parterrewohnung ging also eindeutig von dem auf den ersten Blick harmlos anmutenden Gebräu aus, das James und Darrel unermüdlich unters Volk brachten. Socks begab sich nach unten, um sich seine Dosis abzuholen, und war aufs Schlimmste gefasst.

Auf sein Klopfen hin öffnete Lou die Tür und strahlte ihn an. »Hi! Komm rein und setz dich!«

»Hi!« Verwirrt betrachtete er sie näher. Was um alles in der Welt trug sie da? Löchrige Leggings und ein verwaschenes T-Shirt, das vermutlich James gehörte, da es ihr fast bis zu den Knien reichte. Hatten die da unten inzwischen einen gemeinsamen Wäschepool, aus dem sich jeder wahllos bediente? Musste er also damit rechnen, dass ihm irgendwann Darrel oder James in Lous schwarzem Minikleid die Tür öffnete, das sie zur Hochzeit getragen hatte? James passte es garantiert nicht, aber bei Darrel war Socks sich nicht sicher.

Im Raum hing ein schwacher Schweißgeruch vermischt mit dem Duft eines Früchtekuchens. Vermutlich hatte Sarah, die man bereits bei der Planung vorsorglich unter Stubenarrest gestellt hatte, zumindest für die Verpflegung der ehrenamtlichen Möbelpacker sorgen wollen. Dylan und Maggie fehlten, weil sie noch bei der Arbeit waren. Socks setzte sich zu Sean, Sarah, James, Andy, Darrel und Lou an den Tisch und dankte sämtlichen für ihn nicht existenten höheren Mächten, dass man nicht auf die irre Idee gekommen war, sich zusammen auf die Eckcouch zu quetschen. Offensichtlich hatte man ein Einsehen gehabt und ausnahmsweise das latent vorhandene Kuschelbedürfnis eisern unterdrückt.

Doch zwischen Couch und Wand stand senkrecht seine Lieblingsmatratze, auf der er vor Sarahs Einzug die Abende verbracht hatte, und Socks schwante, dass ein Attentat auf ihn in Planung war. Die lehnte da garantiert nicht, weil auf dem geräumigen Dachboden plötzlich kein Platz mehr war. Am meisten erstaunte ihn, dass entweder Darrel oder James oder beide sie nach der langen Zeit noch immer ihm zuordneten. Dylan schien das hingegen vergessen zu haben.

Darrel folgte Socks' Blick und lächelte. »Du schläfst die nächsten Nächte bei uns im Wohnzimmer, damit dir der Farbgeruch nicht endgültig den Verstand vernebelt. Dylan und Sarah sind bei Sean und Maggie im Gästezimmer einquartiert.«

»Ich habe kein Mitspracherecht?«, fragte Socks resigniert.

»Du hältst das Maul und siehst gut aus«, bestimmte James und hielt ihm den Kuchenteller vor die Nase. »Hat Sarah für uns gebacken.«

Sarah lächelte Socks erwartungsvoll an.

»Bekomme ich bei guter Führung Ausgang?«, fragte Socks und nahm sich das kleinste Stück, das er auf die Schnelle entdecken konnte.

»Wir kleben heute Abend noch alles ab, damit wir morgen gleich mit dem Streichen beginnen können«, erklärte Sean. »Aber du kannst natürlich ausgehen. Darrel, Lou und ich schaffen das locker allein. Wenn wir alle gleichzeitig loslegen, treten wir uns nur gegenseitig auf die Füße und verheddern uns in der Malerfolie. Ein bisschen Schwund ist zwar immer, aber eine Beerdigung reicht uns fürs Erste.«

»Ich helfe dann morgen beim Streichen«, schlug Socks vor.

»Schön. Ich dachte mir, dass Dylan und ich die obere Wohnung gemütlich zusammen durch die Mangel drehen. Und du kümmerst dich um dein zukünftiges Zimmer in der Kellerwohnung.«

»Klingt gut!« Socks kaute und kaute, doch der Früchtekuchen schien im Mund aufzuquellen und eher mehr statt weniger zu werden. Er sehnte sich geradezu nach Lous ungesüßten Haferkeksen.

Socks stand, nachdem er sich geduscht und umgezogen hatte, im Schlafzimmer am offenen Fenster und blickte hinunter auf die Hinterhöfe. *Das sehe ich also bald aus der Froschperspektive*, dachte er amüsiert und suchte im Adressbuch seines Mobiltelefons nach Tamsins Nummer.

»Hi, Stan!«, meldete sie sich.

»Hilf mir!«, flüsterte er. »Sie sind hinter mir her und füttern mich zwangsweise mit trockenem Früchtekuchen! Rette mich!«

Tamsin lachte. »So geht es einem, wenn man ständig am Tee herummeckert!«

»Ich bin unschuldig! Ich habe ihn lediglich mit Milch getrunken, was mein gutes Recht ist als Engländer! Du weißt schon: Queen, Commonwealth, Schottische Eier und so.« Er fügte flüsternd hinzu: »Bitte rette mich vor diesen Verrückten! Bitte!«

»Du bist niedlich, wenn du bettelst!«

»Ja? Soll ich noch ein bisschen weiterbetteln?«

»Gern. Vielleicht sage ich sogar zu der einen oder anderen Sache Ja.«

»Was wäre denn die eine und was wäre die andere Sache? Und kann ich es mir anschließend aussuchen?«

»Finde es selbst heraus und bettle einfach mal munter drauflos.«

»Auf Knien?«

»Wenn es sich dabei leichter betteln lässt, mache es dir ruhig auf den Knien bequem.«

»Bitte, bitte, geh mit mir in einen Pub und trinke was mit mir, das nicht nach Jasmin riecht.«

»Du möchtest mit mir ausgehen?«

»Nein, eigentlich möchte ich mit dir schnurstracks ins Bett gehen, aber ich dachte, wir können zur Abwechslung vorher irgendwo etwas trinken. Oder willst du nicht mit mir gesehen werden? Muss ja nicht in Islington sein.«

»Ich würde dich gern ins Kino einladen, wenn ich mir die Abendgestaltung frei aussuchen darf.«

»Meinetwegen. Wenn ich mir anschließend die Nachtgestaltung frei aussuchen darf.«

Tamsin lachte. »Was hältst du vom *Everyman Hampstead*?«

»Ist das ein Film?«

»Nein, ein Kino.«

Nachdem sie einen genauen Treffpunkt vereinbart hatten, beendete sie das Gespräch, und Socks
betrachtete völlig entgeistert sein Smartphone.
Hatte er eben tatsächlich versprochen, mit Tamsin
ins Kino zu gehen? Dieser verdammte Jasmintee!
Dass dessen Wirkung so lange anhielt, hatte er
nicht erwartet.

***

Am Montag kam Darrel später nach Hause, weil er
nachmittags mit Sean auf Toms Beerdigung gewesen war. Er hatte die versäumte Zeit nachgearbei-
tet, um einen Anprobetermin einhalten zu können.
James war nach der Arbeit zu Andy gefahren, dem
Toms Tod offenbar sehr naheging, obwohl er die
ganzen Tage krampfhaft versucht hatte, es sich
nicht anmerken zu lassen.

Diesmal machte es mir überhaupt nichts aus, allein zu sein. Keine Ahnung, was mich am vergan-
genen Freitag überkommen hatte. Ich hatte einen
leichten Hang zur Melancholie. Zum Glück er-
wischte sie mich nur sehr selten. Nach der Arbeit
überbrückte ich die Zeit bis zum Abendessen mit
einem flotten Spaziergang am Regent's Canal.

Nach dem Eintopf, den diesmal Sarah gekocht
hatte, legte ich mich mit meinem Buch auf die
Couch und tauchte tief in die unterhaltsame Persönlichkeit der Amelia Osborne, geborene Sedley,
ein. Gerade als ihr leichtsinniger Gemahl George
auf dem Schlachtfeld bei Waterloo sein nutzloses

Leben aushauchte, hörte ich Darrels Schlüssel im Schloss und ging ihm entgegen. Er umarmte mich wortlos, und wir standen eine Weile engumschlungen bei der Tür.

Ich machte ihm etwas von dem Essen warm und setzte mich mit meinem Teebecher zu ihm an den Tisch. »Du kannst noch mehr haben, wenn du magst.«

»Das reicht mir wahrscheinlich. Ich habe nicht viel Hunger.« Er nahm den Teller, ging um mich herum und setzte sich rechts neben mich. Da löffelte er den Eintopf und hielt meine Hand mit seiner linken. Ich freute mich insgeheim, dass er die Rückzugsphase bereits am Arbeitsplatz ausgelebt hatte und nun zu Phase Zwei seiner persönlichen Problembewältigungsstrategie überging, indem er schweigend meine Nähe suchte.

Er holte sich sein Buch vom Nachttisch, und jeder von uns legte sich auf eine Seite der Eckcouch, um zu lesen. Wir konnten uns so richtig breitmachen. Nach einer Weile fiel mir auf, dass bei ihm das Rascheln der Seite beim Umblättern ausblieb. Ich schaute zu ihm hinüber. Er blickte zur Decke. Sanft strich ich ihm das Haar aus der Stirn. Er nahm meine Hand und küsste sie.

»Mir tat seine arme Frau so leid«, flüsterte Darrel. »Und sein Sohn.«

»Ich weiß.«

»Tom hat es hinter sich. Aber sie müssen ohne ihn weiterleben.«

»Ich weiß nicht, wie man das macht.«

»Ich auch nicht. Wahrscheinlich begreift man alles erst nach Wochen der Schockstarre.«

Ich setzte mich in die Ecke. Er robbte näher und legte den Kopf in meinen Schoß. Ich spielte mit seinen Haaren und zog die einzelnen Locken lang, um sie wieder zurückschnellen zu lassen.

Er lächelte traurig, drehte den Kopf zur Seite und küsste meinen Bauch. »Manchmal frage ich mich, ob sich das überhaupt rentiert«, flüsterte er.

»Was meinst du?«, fragte ich verwirrt.

»Das, was wir da seit Jahren tun und Musik nennen.«

»Irgendein Hobby braucht der Mensch.«

»Wir investieren aber viel zu viel Zeit in unser Hobby.«

»Finde ich gar nicht. Was soll man sonst in seiner Freizeit tun? Aus dem Fenster glotzen?«

»Tom hatte nicht viel vom Leben.«

»Woher willst du das wissen?«

»Die waren früher ständig auf Achse, sagt Sean.«

»Sie hatten aber auch sichtlich Spaß dabei.«

»Seine Frau blieb zu Hause beim Kind und konnte nicht mit, wenn sie auf Tour gingen.«

»Aber sie konnten telefonieren und sich aufeinander freuen.«

»Sprichst du von ihnen oder von uns?«

»Wie ist das bei dir? Sprichst du von uns?«

Er küsste meine Hand. »Ich weiß es nicht.«

»Dann sprechen wir doch besser offen über uns. Was in fremden Köpfen vorgeht, kann man nicht einschätzen.«

»Möchtest du ein Kind?«

Ich war sehr überrascht. Mit dem Thema hatte ich nun überhaupt nicht gerechnet.

»Nein«, antwortete ich. »Möchtest du eins?«

»Nein. Zumindest nicht so bald.«

»Schön. Dann sind wir uns einig.«

»Ja.« Er lächelte. War das Erleichterung in seinem Blick? Auf welche merkwürdigen Gedanken man doch auf Beerdigungen kommen konnte.

***

Socks stocherte lustlos in seinem Eintopf herum.

»Ich will kein Spielverderber sein, aber je temperamentvoller du deinen Tellerinhalt umrührst, desto schneller wird er kalt«, meinte Maggie zu ihm.

»Wer will schon mittags warm essen?«, maulte er.

»Deutsche zum Beispiel«, schlug Lou vor und ließ sich von Maggie einen Nachschlag geben.

»Wir essen doch nachher im Pub über dem Club noch einmal warm«, nörgelte Dylan.

»Ich vermutlich nicht.« Darrel betrachtete skeptisch seine Portion.

»Ich finde es praktisch, dass wir nachher in aller Ruhe den Soundcheck machen können und danach noch etwas Pause haben.« Sean ließ sich einen zweiten Nachschlag geben, und Maggie strahlte ihn glücklich an.

Geht es in der Ehe nur darum, sich gegenseitig mit Essen vollzustopfen, bis es wieder hochkommt?, fragte sich Socks zum wiederholten Male und tröstete sich mit dem Gedanken, dass zumindest Lou dieser Tradition nicht zu folgen schien. Vielleicht sollte er sich eines Tages besser in Deutschland nach einer Ehefrau umsehen. Aber das hatte noch vierzig Jahre Zeit.

Nach dem Essen versammelten sie sich im Proberaum und warteten auf Gil, der wie immer pünktlich auftauchte. Er brachte eine E-Gitarrentasche mit, die offensichtlich gefüllt war.

»Hi, Gil! Steht bei uns noch nicht genug Zeug herum?«, fragte Socks grinsend.

»Hi!«, meinte Gil verlegen und garnierte den Gruß mit einer lässigen Handbewegung. »Die ist für Darrel.« Er drückte dem die Tasche in die Hand. »Von Tom«, fügte er hinzu. »Na ja. Von seiner Witwe.«

Darrel hielt die Tasche wie eine Bombe in den Händen und starrte sie an.

»Mal eine blöde Frage«, schaltete sich Sean ein. »Warum gibt dir Myrna eine E-Gitarre für Darrel mit?«

»Nur so. Weil Tom das wollte. Sein Sohn ist unmusikalisch und braucht sie nicht.«

»Und sonst will sie keiner als Andenken?«, fragte Maggie.

»Nope. Ich habe eine andere bekommen.«

»Danke«, murmelte Darrel und hielt sie noch immer vom Körper weg wie ein Paket vom Weihnachtsmann, das aus unerfindlichen Gründen tropft und stinkt.

»Ich richte es bei Gelegenheit aus«, meinte Gil und schnappte sich die Bassdrum, um sie zum Auto zu tragen. »Bevor ich es vergesse«, sagte er über die Schulter. »Melde dich deshalb nicht extra bei Myrna. Die ist froh, dass sie alles los ist, und will ihre Ruhe.«

»Das kann ich verstehen«, flüsterte Sarah, und wir sahen sie erstaunt an.

»Mach mal auf«, schlug Sean vor.

Aber Darrel schüttelte den Kopf und stellte das Geschenk in eine Ecke. »Wir müssen los.« Er nahm wie in Trance seinen Banjokoffer und eine der Taschen und ging nach draußen.

Socks starrte die E-Gitarrentasche an. War das wirklich nur etwas, das nicht länger gebraucht wurde und zu schade zum Wegwerfen war? Oder steckte mehr dahinter? Arthur's Wharf brauchten einen Gitarristen und letztendlich auch einen Songwriter. Hatte Tom die Weichen gestellt, damit man Darrel den Fans schmackhaft machen konnte? *Schaut her! Ihm hat Tom die Gitarre anvertraut! Er darf das Erbe antreten! Er hat Toms Segen!*

Doch hätte dann nicht Nick oder ein anderes Bandmitglied das symbolträchtige Stück mit ein paar bewegenden Worten überreicht? Es einfach Gil mitzugeben, passte nicht dazu. Von wegen: *Du fährst da ohnehin demnächst vorbei. Nimm mal mit.*

Andererseits waren die überlebenden Bandkollegen vermutlich nicht in der Stimmung für irgendwelche theatralische Gesten. Wozu auch? Man konnte die Story hinterher im Handumdrehen ordentlich aufmotzen. Im Nachhinein würde dann irgendwo zu lesen sein, wie Nick vom Kummer gebeutelt dem treuen Knappen Gil das sagenhafte Instrument anvertraute, weil nur er es sicher nach Camden transportieren konnte – und kein anderer.

»Kommst du?«, fragte Sean. »Oder sollen wir einen Monitor auf der Bühne aufstellen und dich per Skype live aus dem Proberaum dazuschalten?«

***

So gern ich Gil hatte, hätte ich ihm an dem Samstag im Proberaum am liebsten den Hals umgedreht. Doch wahrscheinlich war das alles gar nicht seine Schuld. Man hatte ihm das verdammte Instrument mitgegeben, und er hatte es abgeliefert. Ich wollte also den Boten erschießen und schämte mich sofort dafür.

Aber weshalb ausgerechnet Darrel? Hatte der liebe Tom in seiner bewegten Musikerkarriere nicht genug andere Gitarristen kennengelernt, die sich über das Erbstück ehrlich gefreut hätten? Warum verloste man es nicht unter interessierten Fans, versteigerte es für einen guten Zweck oder packte es kurzerhand auf den Dachboden? War der Sohn überhaupt schon in der Lage zu begreifen, was er da so leichtfertig weggab?

Da der Soundcheck recht früh stattfand, hatten Maggie und Sarah vor, mit Andy am Abend nachzukommen. Er wollte sie auch kurz nach dem Gig wieder heimbringen, weil beide am Sonntag arbeiten mussten. Sarah wurde wegen ihrer Schwangerschaft zwar für keine Nachtschichten eingeteilt, aber der Wochenenddienst blieb ihr erhalten. Die Band plante hingegen, wie nach dem Auftritt mit TRiG!!!, bis zum Ende zu bleiben.

Im Anschluss an die denkwürdige Übergabe im Proberaum war Darrel endgültig zu nichts mehr zu

133

gebrauchen. Er zog sich merklich zurück und nahm mich auch nicht in der U-Bahn auf den Schoß wie sonst auf dem Weg zu einem Gig, sondern saß still neben mir und starrte auf seine Knie. Das vermaledeite Ding hätte zu keinem schlechteren Zeitpunkt bei ihm eintreffen können.

Ich bestellte mir oben eine Tasse Tee und setzte mich unten im eigentlichen Club in den Backstageraum, den sie zum Glück nicht mit Logan Tenner und seiner Band teilen mussten, für den sie am heutigen Abend als Vorgruppe auftreten sollten. Nach einer Weile regten sich bei mir Zweifel, ob ich Sean richtig verstanden hatte, denn sie kamen und kamen nicht zurück. Wollten wir uns woanders treffen? Oder war etwas schiefgegangen? Socks hatte auf der Fahrt diesen merkwürdigen Blick gehabt, der mich Übles ahnen ließ. Irgendetwas beschäftigte ihn, und wenn er sich nicht rechtzeitig fing, stand er später garantiert wieder versteinert auf der Bühne wie die Statue auf einem Springbrunnen, während rundherum der Angstschweiß seiner Kollegen in Strömen floss.

Doch ich hatte mich nicht verhört. Sie kamen nach einer halben Ewigkeit und wirkten alle ein wenig echauffiert – selbst Sean und James, die sonst die Ruhe weghatten.

»Dieser Logan Tenner ist nicht ganz bei Trost«, murmelte Dylan. »Der braucht nur deshalb eine Vorgruppe, weil ihm die eigene Band nicht genügt, um sich wichtig zu fühlen.«

»Wenn der Soundcheck fast so lange dauert wie der Gig, könnte man ihn auch gleich als Matinee deklarieren und Eintritt verlangen.« Sean nahm einen Schluck aus der Flasche.

»Diesmal hätten wir wirklich einen Picknickkorb gebrauchen können!«, maulte Socks.

»Sag das nicht zu Maggie. Sonst packt sie uns beim nächsten Mal tatsächlich einen.« James lachte. »Zum Glück habe ich noch nicht mein Bühnenoutfit an. Ich bin klatschnassgeschwitzt!«

»Was hat denn dieser Logan mit eurem Soundcheck zu schaffen?«, fragte ich verwundert.

»Das ist eine sehr gute Frage!«, lobte mich Socks. »Traust du dich, ihm die zu stellen? Allerdings darfst du dich hinterher nicht mehr mit uns zeigen. Also überlege es dir gut, ob dir Darrel oder deine und unsere Neugier wichtiger ist.«

Darrel hatte sich auf der obligatorischen Bank in eine Ecke gesetzt. Ich war unsicher, was ich tun sollte. Er wollte offensichtlich für sich sein, was ich respektierte. Andererseits wusste ich nicht, ob er, wenn ich herumstand, zu mir kommen würde, sobald ihm danach war. Während ich noch überlegte und immer wieder zu ihm hinschielte, holte Socks sein Notizbuch mit unserem Nonsensgedicht hervor.

»Hast du Lust, eine Runde zu spielen?« Er wartete meine Antwort nicht ab, sondern ging zur Bank und setzte sich mit etwa einem Meter Abstand neben Darrel. Ich setze mich zwischen die beiden, und wir begannen wieder, unsere albernen Verse zu dichten. Bald darauf legte mir Darrel den Arm um die Schulter und sah mir beim Schreiben zu.

»Rutscht mal weiter, damit die anderen auch Platz haben«, forderte uns Socks auf, obwohl das Blödsinn war. Sean, Dylan und James hatten es sich längst auf der gegenüberliegenden Seite gemütlich gemacht und unterhielten sich. Darrel nahm mich auf den Schoß und umklammerte mich von Minute zu Minute fester, beteiligte sich jedoch nicht am Spiel. *Zumindest sind wir jetzt in Phase Zwei*, dachte ich und suchte einen Reim auf *muck*, der nicht unanständig klang.

Später aßen die anderen oben im Pub etwas, während Darrel und ich unten blieben. Mir war sein Schoß auf Dauer ein wenig unbequem geworden, aber ich saß dicht neben ihm und kuschelte mich an ihn, so gut es auf der Bank ging.

»Ich weiß nicht, was die von mir wollen«, flüsterte er plötzlich. »Arthur's Wharf meine ich. Bezwecken die irgendetwas damit? Warum bekomme ich ein Geschenk und die anderen nicht?«

»Vielleicht musst du doch einmal die Tasche aufmachen. Möglicherweise liegt irgendetwas dabei. Ein Zettel oder so.«

»Du meinst, da steht: *Für den Hutzwerg, in Liebe Tom.*« Darrel lachte, aber es klang nicht echt.

»Sorry. Blöde Idee.«

»Nein, mir tut es leid. Ich bin gerade unausstehlich.«

»Nicht wirklich. Ich kann verstehen, wie du dich fühlst.«

»Kannst du nachher, wenn wir zurück sind, mal einen Blick hineinwerfen?«

»Ja, natürlich.«

»Machst du das für mich?«

»Ja. Kein Problem.«

»Danke.« Er küsste mich. Seine Lippen schienen leicht zu zittern.

»Ich möchte mich nicht bei dir unbeliebt machen ...«

»Aber?«

»Du solltest mal von einem Keks abbeißen.«

»Du bist so niedlich, Lou! Vom Keks abbeißen! Maggie würde zehn Kellen voll Eintopf in eine Schüssel klatschen, meinen Kopf reindrücken und mich auffordern, alles aufzuessen.« Er schüttete sich aus vor Lachen, aber es klang auch diesmal nicht echt. Ich öffnete die Verpackung und reichte sie ihm. Er aß schweigend ein paar der ungezuckerten Haferkekse und trank etwas von seiner stillen Saftschorle, die ich ihm gemixt hatte. Danach starrte er vor sich hin. Ich hatte mich zu früh gefreut. Wir befanden uns wieder in Phase Eins.

Als die anderen zurückkamen, beschlossen wir, einen Spaziergang zu machen. Die Gegend wirkte nicht besonders einladend und erinnerte mich an Nordengland. Nur waren dort Darrel und ich Hand in Hand gegangen. Hier hatte er die Hände in den Taschen und starrte vor sich auf die Straße. Es war in Ordnung für mich, dass er seine Ruhe haben wollte. Ich nahm das nicht persönlich, machte mir aber insgeheim Sorgen, ob er den Gig gut überstehen würde. Es waren über den Daumen gepeilt vierzig Minuten eingeplant. Die konnten verdammt lang werden.

Auch später, als wir wieder in ihrem Raum hinter der Bühne warteten, saß er allein in einer Ecke, stimmte sein Banjo und spielte sich die Finger warm. Doch er war auffallend still. Kein nervöses Aufspringen und Hinsetzen. Kein Herumlaufen. Erst recht keine Umklammerung. Danach saß er nur so da und starrte vor sich hin.

Ursprünglich hatte ich geplant, mich zu Maggie, Sarah und Andy zu stellen, die sich wegen Sarah nicht ins Getümmel stürzen, sondern von ganz hinten zuschauen und dann hinter die Bühne kommen wollten. Doch als sie mich abholen kamen, ließ ich sie allein gehen und blieb lieber im Backstageraum. Maggie versuchte zwar, mich zu überreden, wurde aber von Sean mit wohlgesetzten Worten zurückgepfiffen. Ihm war offensichtlich auch aufgefallen, dass etwas nicht stimmte.

Am Bühneneingang herumlungern durfte ich leider nicht. Das war eine der Regeln des sagenhaften Logan Tenner, die nicht nur für seinen Auftritt, sondern offenbar weltweit, jetzt und immerdar zu gelten hatten. Mir war inzwischen alles egal. Ich ärgerte mich lediglich, dass ich weder Buch noch Strickzeug mitgenommen hatte. So legte ich mich, als die Band draußen war, auf die Bank und betrachtete die hässliche Deckenlampe mit den total eingedreckten Lamellen. Ansonsten war der Raum relativ sauber, aber anscheinend war die Lampe im Putzplan vergessen worden, und die Putzkräfte hatten garantiert keinesfalls Zeit, sich hier hinzulegen, und die Lücke in ihren Vorgaben zu entdecken.

Draußen hörte es sich so an, als seien sie fertig. Zugaben waren bei der Konstellation selbstverständlich keine vorgesehen. Ich setze mich auf und wartete. Und wartete. Was zum Teufel war hier nur los? Gab es speziell in diesem Club Verschiebungen im Raum-Zeit-Kontinuum? Wie weit war es von der Bühne hinter die Bühne? Draußen war längst verhaltener Jubel zu hören gewesen, gefolgt von höchst eigenartiger Musik. Der selbst ernannte Superstar hatte also bereits vor einer Weile mit seinen Lohnsklaven die Bühne betreten. Hatte er die Vorgruppe in seinem selbstherrlichen Eifer niedergetrampelt? Musste ich mir Sorgen machen?

Maggie, Sarah und Andy kamen herein und grinsten verlegen.

»Ich will kein Spielverderber sein, aber in dem Alter und der Gewichtsklasse würde ich mir nicht mehr die Brüste signieren lassen.« Maggie schüttelte den Kopf und fügte, als sie meinen erstaunten Blick bemerkte, hinzu: »Die weibliche Entourage von diesem Logan-Spinner steht halb draußen im Gang und halb in ihrem Raum und lässt sich gerade von James die Haut bemalen.«

»Wenn er nicht schon schwul wäre, würde er es spätestens jetzt werden«, meinte Andy lachend. »Ich habe schon viel erlebt, aber es kommt trotzdem immer wieder etwas Neues dazu.«

»Darrel geht es gut«, sagte Sarah lächelnd zu mir, und ich bedankte mich sehr herzlich bei ihr, obwohl ich mir nicht sicher war, ob sie das heute wirklich beurteilen konnte. Änderte es sich doch von Minute zu Minute.

Nach einer halben Ewigkeit kamen die Bandmitglieder endlich lachend zurück.

»Socks fürchtet weder Tod noch Teufel und übernahm freiwillig die ganz heiklen Stellen«, berichtete Dylan.

»Ahhhhh! Ahhhhhhhhhh!«, schrie James halblaut, zog das Hemd aus, setzte sich hin, nahm einen Schluck aus der Flasche und schrie noch einmal halblaut: »Ahhhh!« Andy stand neben ihm und tätschelte ihm lachend den Kopf.

»Was habt ihr gemacht?«, fragte ich.

Darrel packte mich und tanzte mit mir durch den Raum. »Wir haben vollschlanke, alkoholisierte Ladys im mittleren Alter signiert. Zum Glück habe ich kaum was im Magen!«, sang er nach einer improvisierten Melodie. Diesmal landeten wir merkwürdigerweise nicht chaotisch irgendwo, wo wir nicht hingehörten, und ich kam langsam ins Grübeln, ob das wirklich immer meine Schuld gewesen war.

»Darrel ist eine absolute Flasche in Anatomie. Die Frau wollte die Brust signiert haben. Und was macht er? Kritzelt ihr seinen Namen ganz klein auf die Schulter!«, beschwerte sich Socks.

»Das wirkte vielleicht nur so klein im Verhältnis. Alles ist relativ!«, gab James zu bedenken.

»Und sei fair!«, meinte Dylan. »Da, wo man normalerweise eine Brust vermuten würde, hatte die Lady keine. Da blieben nur die zwei Möglichkeiten, entweder weiter unten oder weiter oben danach zu suchen. Er fing oben an und nahm die erste weiche Rundung, die er finden konnte.«

»Ich wollte es ganz schnell hinter mich bringen und euch auch noch Platz lassen!«, sang Darrel, und tanzte eine zweite Runde mit mir.

»Platz? Das ist die blödeste Ausrede des Jahres! Auf den drei Frauen war genug Platz, um auf jeder

Einzelnen sämtliche Signaturen eines ganzen Orchesters unterzubringen.« Sean grinste.

»Außerdem hat Darrel uns das überhaupt erst eingebrockt«, stellte James fest. »Von ihm wollten die Ladys schließlich zuerst ein Autogramm. Als er sagte, dass er nichts zum Schreiben dabeihat, und sie lieb anlächelte, nahm das Verhängnis seinen Lauf!«

Darrel schenkte mir sein Verstandkillerlächeln und fragte verschmitzt: »Und? Auf welchem Körperteil hättest du gern mein Autogramm?«

»Oh! Ähm …«

»Auf dem Po? Kannst du haben.« Er packte mich, tanzte ein paar Schritte mit mir, drehte mich zur Seite, legte mich kurz übers Knie und beförderte mich elegant auf die Bank, wo ich mich auf dem Bauch wiederfand. Ich bekam vor Lachen kaum noch Luft.

»Ist das Rote ihr Kopf oder ihr Po?«, erkundigte sich James interessiert, der einen halben Meter vor meiner Nase saß.

»Sie ist doch kein Pavian! Du hast von Frauen echt keine Ahnung!«, meinte Socks.

Ich wollte mich aufrichten. Darrel hielt mich jedoch fest. »Hat jemand einen Stift?«, fragte er.

»Tut es ein dicker, schwarzer, wasserfester Filzstift?«, wollte James wissen.

»Ich bin flexibel«, antwortete Darrel.

»Ich aber nicht!«, japste ich kichernd.

Sarah ging vor mir in die Hocke. »Alles okay bei dir?«, fragte sie mich besorgt.

»Sie braucht keine Krankenschwester«, beruhigte Dylan sie. »Wenn Darrel nicht aufpasst, braucht aber er gleich eine. Ich setze fünf Pfund auf Lou. Wer hält dagegen? Niemand?«

»Solange sie nicht um Hilfe schreit oder mit dem Lachen aufhört, sehe ich auch keinen Handlungsbedarf«, meinte Sean.

Ich hatte kichernd begonnen, mich zu wehren. Darrel kniete sich rücklings und rittlings über meinen Oberkörper, ohne sein volles Gewicht einzusetzen, hielt mit der linken Hand meinen linken Fußknöchel fest umklammert und wehrte mit dem Unterarm mein anderes Bein ab. Mit der rechten Hand zog er mir das Shirt hoch und die Stretch-Jeans ein Stückchen herunter.

»Präsentierst du denen jetzt mein Handwerkerdekolleté?«, fragte ich und konnte vor Lachen nur mühsam sprechen. »Haben die eben noch nicht genug Scheußlichkeiten gesehen?«

»Im Vergleich zu den riesigen Planeten da draußen fällt dein kleiner Mond kaum auf. Man reiche mir einen Stift.« Darrel wirkte völlig aufgedreht.

Aus den Augenwinkeln sah ich, dass Socks einen Schritt auf ihn zu machte. Kurz darauf spürte ich etwas Kleines, Kaltes auf der Haut. »Machst du jetzt Ernst?«, fragte ich überrascht.

»Man muss schließlich gehorchen und tun, was die Frau sagt. Sei still! Ich muss mich konzentrieren. *Meine innig geliebte Geliebte und ganz nebenbei auch Ehefrau …*« Er führte den Stift über meine Haut, sprach jedoch wesentlich schneller, als er das schreiben konnte.

»Darrel hat wirklich keine Ahnung von Anatomie. Der Bereich gehört eindeutig noch zu Lous Rücken«, hörte ich Socks nörgeln.

»Stör mich nicht beim Schreiben! Den Po hebe ich mir fürs Postskriptum auf. Weiter geht's: *Nach reiflicher Überlegung kam ich zu dem Entschluss, dir endlich auch einmal schriftlich meine überwältigende Liebe zu gestehen …*«

»Ich will kein Spielverderber sein, aber könnt ihr euer Adrenalin vielleicht auch abbauen, ohne dass Lou ihre Würde oder gar Hose verliert?«, hörte ich Maggies Stimme, die leicht belustigt klang.

»Meine Würde habe ich verloren, als ich dem frechen Flegel mein Ja-Wort gegeben habe. Und die Hose dabei letztendlich irgendwie auch. Metaphorisch gesehen …«, erklärte ich, was die allgemeine Heiterkeit zu befeuern schien.

»*Die Geschichte meiner gigantischen Liebe zu deinem winzigen Hinterteil begann an einem kühlen Augustabend in Soho …*«, fuhr Darrel unbeirrt fort.

»So winzig kann das nicht sein, wenn das alles draufpasst«, wandte ich kichernd ein.

»Du hast dich da oben vertan. *Dummes Luder* schreibt man mit Doppel-M«, erklärte James.

Darrel fuhr mit dem Stift kreuz und quer über die Haut. »Hier kann man sich echt nicht konzentrieren. Ich muss das alles durchstreichen und nochmal neu schreiben. Hat zufällig jemand Tipp-Ex dabei?«

»James kann dir höchstens von nebenan den schwarzen Filzstift organisieren. Der sticht zwischen der blauen Kugelschreibertinte mehr hervor«, schlug Socks vor.

»Ich? Warum ich?«, fragte James geschockt.

»Weil du am meisten auf den besoffenen Hühnern herumgemalt hast. Die adoptieren dich sicher auch, wenn du schön *bitte* sagst.«

»Sie wollte eine Rose, und mein Künstler-Ego fühlte sich herausgefordert.«

»Bei mir fühlte sich nur mein guter Geschmack herausgefordert.«

»... *in tiefer Liebe und so was von doller Bewunderung, dein dich anbetender Hutbesitzer*«, fuhr Darrel unbeirrt fort.

»Bist du tatsächlich fertig?«, fragte ich.

»Nein, James malt dir jetzt noch ein Lama darunter, dem eine Rose quer im Maul steckt. Wenn du aber weiter so zappelst, wird es eher eine Gans mit einem Blumenkohl.«

»Fordere sein Künstler-Ego nicht heraus, sonst macht der das wirklich«, gab Socks zu bedenken.

»Ja, ein Lama mit Rose wäre wirklich was Neues«, meinte James und seine Stimme klang wie elektrisiert. Bei Darrel war ich mir absolut sicher, dass die Kugelschreibermine die ganze Zeit im Stift versenkt gewesen war, doch James traute ich in seinem euphorischen Zustand nach dem Gig einiges zu.

»So, jetzt tausche ich noch die Mine aus, und dann folgt das Postskriptum«, kündigte Darrel an.

»Ich weiß nicht, wie es dir geht, aber mir wird langsam ein bisschen langweilig«, maulte ich zu ihm hoch.

»Mir nicht. Ich könnte deinen bemalten Po stundenlang betrachten. Aber meinetwegen ...« Darrel stand auf und half mir in die Senkrechte. Ich atmete tief durch, zog den Hosenbund wieder in Richtung

Taille, strich mir das Haar aus dem Gesicht und holte mir eine Flasche Wasser.

»Du schreibst darüber jetzt aber keinen Song!«, sagte ich im Vorbeigehen zu Socks.

»Wie kommst du denn darauf?«, fragte er zwinkernd.

»Ich kenne diesen nachdenklichen Blick.«

»Erwischt.« Er lachte.

Ich setzte mich neben Darrel, der still dasaß und auf seine Knie starrte. Er blickte auf, lächelte gequält und reichte mir den Stift. »Komm, räch dich!«

»Was meinst du?«, fragte ich ihn verblüfft.

»Mal mir alberne Herzchen auf die Brust oder irgendwas, mit dem ich mich blamiere. Ich hab's verdient«, flüsterte er.

»Du hast mich doch gar nicht vollgeschrieben«, flüsterte ich zurück.

»Woher weißt du das?«

»Ich habe gespürt, dass das die Hülle und nicht die Spitze war. Und du würdest das auch nie tun.«

»Mach's trotzdem. Ich fühle mich so mies.«

»Warum?«

»Ich war so grob zu dir.«

»Es war doch nur Spaß. Und du hast mir überhaupt nicht wehgetan.«

»Ich weiß nicht, was mit mir los ist«, flüsterte er kaum hörbar.

»Es wird vorbeigehen.« Ich küsste ihn.

»Verzeihst du mir?«

»Du hast nichts Schlimmes gemacht. Ich hätte dich sonst gebeten aufzuhören.«

»Sicher?«

»Sicher.«

»Ich hätte sofort aufgehört.«

»Ich weiß.«

Da sagte Socks aus heiterem Himmel: »Ich habe nachgedacht. Wir sollten sofort Gil anrufen und abhauen. Scheiß auf die Fans! Bei dem Logan können wir bestimmt keine neuen abstauben.«

»Warum das?«, fragte James verwundert.

»Weil wir überhaut nicht wissen, wie die Typen reagieren, wenn die nachher voll aufgedreht von der Bühne kommen und bemalte Dekolletés vorfinden. Keiner weiß, ob eine der Ladys sogar zu Logan, dem Übergroßen, gehört.«

»Die Frauen wollten das doch unbedingt!«, protestierte Dylan.

»Trotzdem. Die Leute haben allesamt einen gewaltigen Dachschaden, und ich will keine gebrochene Nase.«

»Da ist was dran!«, meinte Sean. »Ihr packt zusammen, ich rufe Gil an.«

»Bringt das einfach in mein Auto«, schlug Andy vor. »Ihr könnt Gil ja trotzdem bezahlen. Ich fahre es vor den Bühnenausgang und warte dort auf euch.«

Wir trugen die Sachen zum Wagen und machten uns schleunigst aus dem Staub. In der U-Bahn nahm Darrel mich auf den Schoß und presste mich fest an sich. Es war endlich wieder alles wie immer.

Im Proberaum holte ich Toms E-Gitarre aus der Tasche und schaute nach, ob noch etwas dabei lag. Darrel beugte sich vor und betrachtete das Instrument, das ich vorsichtig auf den Boden gelegt hatte.

»Das ist nicht die, die er auf der Tour gespielt hat«, stellte er ruhig fest.

»Ist das gut oder schlecht?«, fragte ich.

»Keine Ahnung. Jeder Musiker handhabt das anders. Manche trennen sich nie von ihrem Lieblingsstück. Andere lassen es lieber zu Hause, weil sie Angst haben, dass es unterwegs wegkommt.«

Ich drehte die Tasche um. »Nichts.« Ich sah Darrel enttäuscht an.

»Schau mal in die Außentasche«, schlug er vor.

»Was macht ihr?«, erkundigte sich Sean neugierig.

»Wir betreiben Leichenfledderei. Zumindest fühlt es sich so an«, meinte Darrel.

»Darf ich mir die Gitarre mal näher ansehen?«, bat Sean und ging in die Hocke.

»Natürlich! Ich will mit ihr so wenig wie möglich zu tun haben.«

Sean fuhr mit dem Daumen über die Saiten und betastete den Steg. Ich nahm mir wieder die Hülle vor. In der Außentasche lag eine dreiundzwanzig Jahre alte Quittung über den Kaufbetrag, vier benutzte Plektren, ein paar Staubflusen und eine weiße Karte. Ich hielt sie Darrel hin, aber der hatte die Hände auf dem Rücken und bat mich leise: »Lies sie bitte und entscheide, ob ich sie lesen soll.«

»Wie soll ich wissen, was du lesen möchtest?«, antwortete ich ratlos. »Ich kann sie höchstens vorlesen, und du hältst dir die Ohren zu, wenn du es nicht mehr hören willst. Da steht: *Hey, Guys! Freut euch nicht zu früh! Die Reparaturkosten übersteigen den Restwert, aber vielleicht hat der coole Typ mit dem*

147

Hut mal Lust, sie auf der Bühne zu zertrümmern. Ich komme nicht mehr dazu. Tom.«

»Okay. Herzlichen Dank.« Darrel lächelte traurig. »Manchmal habe ich tatsächlich Lust, das Banjo gegen die Wand zu prügeln. Aber lieber unter Ausschluss der Öffentlichkeit.«

»Er hält dich für cool!« Socks schien wahrhaftig auf Darrel stolz zu sein, wenn ich diesen merkwürdigen Blick richtig interpretierte.

»Ich will kein Spielverderber sein, aber das nächste Geschenk packt ihr besser vor dem Gig aus, damit Darrel anschließend leichter runterkommt und Lous Hose dafür oben bleibt. Am Ende holt sie sich bei so was mal eine Nierenentzündung«, meinte Maggie.

»Mir war garantiert nicht kalt in dem Moment.« Ich steckte alles wieder in die Tasche. »Abstellraum?«

»Das ist eine gute Idee«, fand Sean. »Man weiß nie, ob man damit einem gewissen Halbwaisen in ein paar Jahren eine Freude machen kann.«

»Darrel und eine alte E-Gitarre zertrümmern?« Andy schüttelte verwundert den Kopf. »Toms Menschenkenntnis war noch nie gut gewesen, aber damit hat er sich selbst übertroffen.«

»Es steht kein Datum auf der Karte«, wandte ich ein. »Wir wissen nicht, wie hoch die Morphin-Dosis war, als er das schrieb.«

»Gegen Ende war er sehr verändert«, bestätige Andy leise. James legte ihm den Arm um die Schulter.

»Die ist nicht mehr spielbar?«, fragte Socks und betrachtete die Gitarre neugierig.

»Momentan nicht«, erklärte Sean. »Und es rentiert sich auch wirklich nicht, die in Ordnung bringen zu lassen. Schau! Hier und hier: alles lose! Keine Ahnung, was der damit getrieben hat. – Mach dir also keine Sorgen!« Er richtete sich auf, klopfte Socks auf die Schulter und ging mit Maggie nach oben.

7. Mit Schleife

Socks stand am Montagabend kurz nach sieben vor der Tür der Parterrewohnung, hob die Hand zum Klopfen, ließ sie aber wieder sinken. Nachdem ihm Sarah am Morgen den Kaffee ans Bett gebracht und zusammen mit Dylan *Happy Birthday* gesungen hatte, brach ihm den ganzen Tag über allein schon beim Gedanken an seinen Geburtstag der kalte Schweiß aus. Die Frage war: Hatte er damit bereits das Schlimmste hinter sich, oder war das etwa noch steigerungsfähig? Bei Dylan war die Gehirnwäsche offensichtlich erfolgreich abgeschlossen. Nun suchten die Verrückten sich womöglich händeringend ein neues Opfer.

Er hob die Hand – und ließ sie wieder sinken. Keiner zwang ihn, am gemeinsamen Abendessen teilzunehmen. Es war zwar üblich, sich abzumelden, damit nicht zu viel übrigblieb. Denn abgesehen von Maggie, die ein hoffnungsloser Fall war, hatten die ehrenamtlichen Eintopfköche inzwischen ein recht gutes Augenmaß. Aber es konnte immer spontan etwas dazwischenkommen, und man blieb einfach weg. Kein Hahn krähte danach. James liebte gekochtes Frühstück und hatte die Angewohnheit, sich morgens Reste aufzuwärmen. *Auf dich und deinen gesunden Appetit, James!*, dachte Socks und wandte sich zum Gehen. Pizzeria? Oder lieber Chinarestaurant?

Doch er kam nicht weit. Gerade als er nach der Klinke der Haustür griff, öffnete sich hinter ihm die

Wohnungstür. Er erstarrte mitten in der Bewegung.

»Hi!«, sagte Lou und lächelte ihn schüchtern an, als er sich umdrehte.

Ich Arschloch! Socks ärgerte sich über sich selbst. *Will ich sie jetzt betteln lassen? Das hat sie nicht verdient!*

»Tut mir ehrlich leid!«, flüsterte er. Etwas anderes fiel ihm auf die Schnelle nicht ein.

»Wenn wir versprechen, nicht zu singen, dich nicht mit Kuchen zu füttern und dich nicht zu umarmen, isst du dann mit uns Crêpes? Wir haben Orangenmarmelade, frische Beeren und auch Räucherlachs da, falls der dir lieber ist.«

»Okay.« Socks lachte. Auf Lou war Verlass!

»Ich kann sie dir auch rausbringen, falls du lieber auf der Außentreppe sitzen möchtest.«

»Übertreibe es nicht! Sonst geht die schöne Stimmung gleich wieder flöten.« Er zwinkerte ihr zu.

»Alles Gute zu irgendwas!«, fügte sie lächelnd hinzu. »Komm rein!«

»Ihr habt Crêpes gebacken?«

»Darrel und James. Sie meinen, die isst du gern. Ich habe davon überhaupt keine Ahnung. Ich hatte zum Beispiel gar nicht gewusst, dass wir eine Bratpfanne besitzen, und ich habe auch sicherheitshalber die flachen Teller kurz abgespült, falls sie seit meinem Geburtstag eingestaubt sind. Leider kann ich nicht besonders gut kochen.« Sie zuckte lässig mit den Schultern und schien überhaupt kein Problem damit zu haben.

Er atmete tief ein und folgte ihr in die Wohnung, wo ihm dieselbe lockere Begrüßung zuteil wurde wie jeden Abend. Nur Sarah sah ihn an und strahlte über das ganze Gesicht, sagte jedoch nichts weiter. Erleichtert atmete er aus und murmelte: »Hi!«

»Ich will kein Spielverderber sein, aber es ist doch paradox, wenn jemand so viel Wesen darum macht, dass andere kein Wesen um etwas machen sollen«, raunte Maggie.

»Wieder irgendein Jahr irgendwie herumgebracht!«, stellte Darrel fest und zeigte mit dem Daumen hinter sich in Richtung Couch. »Der Sitzwürfel ist zufällig ab heute deiner.«

»Lou, stell dich vor die Tür, falls er abhauen will«, rief James aus der Küche. »Ihr anderen behaltet die Fenster im Auge und passt auf, dass er sich nicht vor lauter Panik in einem der Zimmer einschließt.«

»Ja, das ist ein sehr kritischer Moment«, bestätigte Socks. »Was soll ich mit einem Sitzwürfel? Mein neues Zimmer wird nicht größer sein als das alte.«

»Der bleibt hier«, erklärte ihm Lou. »Nachdem du so brav bei uns gewohnt hast, als oben alles nach Farbe gestunken hat, lassen wir dich selbstverständlich nicht mehr aus unseren Klauen.«

»Das war klar!« Socks seufzte.

»Eben«, fuhr Lou in nüchternem Tonfall fort. »Deshalb brauchen wir gar nicht mehr länger über den Punkt zu reden. Dir ist dein Schicksal bewusst. Da gibt es kein Entrinnen. Es ging nur noch um die Frage, wie wir das praktisch umsetzen. Da gab es unserer Meinung nach nur zwei Möglichkeiten: Entweder stellen wir deine Matratze hinter die

Couch und holen sie hervor, wenn du zum Beispiel den Abend oder den Sonntagnachmittag hier verbringst, oder wir schaffen einen Sitzwürfel an, den man zu einer Gästematratze umfunktionieren kann, indem man ihn auseinanderklappt. Deine Matratze hätte den Vorteil, dass du, wenn wir Tee trinken, viel tiefer sitzt als wir, was sicher irre putzig aussehen und uns zu den immer gleichen Scherzen inspirieren würde. Aber der Nachteil wäre, dass ich jede Woche ganz gründlich hinter der Couch saugen müsste, was ich gern mal vernachlässige, wenn ich es eilig habe. Deshalb haben wir demokratisch über deinen Kopf hinweg abgestimmt. Nun kannst du dich auf dem zusammengeklappten Würfel mit gebührendem Abstand zu uns setzen, wenn wir anderen zu viert auf der Couch ein für dich unübersichtliches Knäuel bilden. Und du kannst ihn zu einer Matratze umfunktionieren, wenn du gern im Liegen lesen willst.« Lou strahlte Socks entwaffnend an.

»Sie haben also dich vorgeschickt, weil sie meinen, dass ich bei dir nicht Nein sagen werde?«, fragte er Lou ebenso nüchtern.

»Ja, genau. James war der Ansicht, dass sich Darrel nicht für die Aufgabe eignet. Sonst hätten wir ihn auf dich angesetzt.«

»Okay. Damit ist das auch geklärt, und es bleibt nur noch die Frage, was das ist.« Er hob eine leuchtend rot-gelb-grün-blau-gestreifte Stoffschleife hoch, die auf dem Sitzwürfel gelegen hatte.

»Das sind Socken. Die habe ich lediglich mit einem Faden zu einer Schleife zusammengebunden. Falls du dich vor einem Auftritt mal nicht für eine einzelne Fehlfarbe entscheiden kannst, hast du ab sofort eine Kompromisslösung in petto.«

»Gehört das Verkaufsgesprächsgebaren eigentlich auch zu deinem Job?«, fragte Socks grinsend.

»Ja, das steht unter 7. *Sonstiges* in meiner Stellenbeschreibung.« Lou setzte sich an den Tisch und ließ sich von Maggie einen Crêpe geben.

Socks betrachtete gedankenverloren die knallbunte Sockenschleife. Dann nahm er bei den anderen Platz und hielt Maggie den Teller hin.

Als er oben in seinem Zimmer Tamsin anrief, meldete sie sich diesmal mit »Hi, Socks!«.

»Hi, Tamsin. Sorry. Ich weiß, es ist schon viertel vor elf.«

»Bietet Stans Sicherheitsdienst neuerdings auch eine automatische Zeitansage an?«

»Mir kam nur gerade mein Telefon in die Finger. Da nutzte ich doch die Gelegenheit, dich anzurufen.«

»Das ist nett von dir. Aber ehrlich gesagt ist es ein bisschen spät, um herzukommen und von technischer Seite zu überprüfen, ob meine Tür nach innen aufgeht.«

»Ich weiß. Ich habe nur mal nachgedacht.«

»Worüber?«

»Buchhändler und Buchhalterin passen doch eigentlich super zusammen.«

»Du willst ausprobieren, ob wir zusammenpassen?«

»Morgen Abend? Das dient allein Forschungszwecken! Stans Sicherheitsdienst betreibt eine eigene Forschungsabteilung, weißt du?«

»Ja, wenn das so ist … Der seriösen Forschung will ich selbstverständlich nicht im Wege stehen.«

»Stöhnst du oder lachst du?«

»Ich lache. Aber das lässt sich morgen vielleicht ändern.«

»Alles nur für die Forschung! Ich rufe dich nach der Arbeit an.«

***

Zum Glück war ich viel zu früh dran, denn ich musste zweimal am Tonstudio vorbeigelaufen sein, bis ich beim dritten Versuch kapierte, dass sich der Eingang seitlich in einem Hof befand, auf dem ein paar Autos geparkt waren. Die Gestalt, die auf den Stufen saß, war mir jedoch bekannt vorgekommen, als ich sie aus den Augenwinkeln gesehen hatte.

Ich ging auf sie zu. »Hi, Socks! Rauchst du?«

Er lachte verlegen und zeigte mir brav den weißen Kugelschreiber, den er im Mund gehabt hatte.

»Sorry, ich wollte hier nicht einen auf Fahrkartenkontrolleur machen«, entschuldigte ich mich.

»Das ist doch dein Job als meine Rauchentwöhnungspatin. Und manchmal bin ich tatsächlich rückfallgefährdet.«

»Jetzt auch?«

»Deshalb habe ich mir den Ersatzschnuller in den Mund gesteckt. Darrel und Colin machen mich fertig!«

»So schlimm?«

»Es ging gleich damit los, dass ich zum Singen die Schuhe ausziehen muss, und fand heute seinen vorläufigen Höhepunkt, als sie mir stolz verkündeten, dass Sarah bei *Moonlight in a pot* mit der Tin Whistle zu hören sein wird. Zum Glück kann Maggie weder ein Instrument spielen noch wirklich singen. Sonst würden sie die auch noch einspannen. Andererseits kann sie sicher im Takt die Kelle gegen den Suppentopf schlagen. Ich darf das nur nicht zu laut sagen. Sonst bringe ich Colin auf dumme Ideen.«

»Sarah spielt aber toll!«

»Ja, sie hat nicht viele Durchgänge gebraucht. Aber trotzdem. Sie gehört nicht zur Band.«

»Ich auch nicht. Rate mal, was ich hier aber gleich machen werde.«

In einem Anflug geistiger Umnachtung hatte ich tatsächlich Darrel versprochen, den weiblichen Part in *Sleeping by your side* zu singen. Oder es zumindest ernsthaft zu versuchen. Ich konnte mir noch immer nicht erklären, was mir kurz vor diesem Versprechen auf den Kopf gefallen sein musste, aber da ich in der Regel zu meinem Wort stand, gab es kein Entrinnen. Deshalb hatte ich mir den halben Tag freigenommen.

»Bei dir ist das was ganz anderes. Du gehörst schließlich zur Band.«

»Seit wann? Gehört man, wenn man euch den nackten Hintern präsentiert, automatisch zur Band?«

Er lachte. »Er war ja gar nicht zu sehen. Schade eigentlich. – Nee, seit der Tour bist du halbes Bandmitglied. Weißt du doch!«

Ich setzte mich neben ihn, da ich noch viel Zeit hatte. »Socks, du musst kein schlechtes Gewissen haben, weil ich damals alles stehen und liegen gelassen und euch auf der Tour besucht habe. Eigentlich war es das, was ich mir von Anfang an gewünscht hatte. Letztendlich bin ich dir dankbar, dass du mir frei Haus einen Vorwand geliefert hast. Ich hatte Darrel schrecklich vermisst. Wenn man frisch verliebt ist, spielen komplett die Hormone verrückt, und man empfindet fast körperlichen Schmerz bei einer längeren Trennung.«

»Interessante Theorie!« Er sah mich erstaunt an. »Das wusste ich nicht. Aber was Gewissensbisse betrifft: Das meinte ich gar nicht. Du gehörst als Co-Texterin automatisch zur Band.«

»Das war doch nur Spaß!«

»Wenn ich Songs schreibe, ist das auch nur Spaß, aber die anderen nehmen das ernst.«

»Ich gehe mal rein. Muss ich mich irgendwo anmelden?«

»Warte, die holen mich gleich. Momentan singt sich Darrel mit seiner herz- und hirnerweichenden Stimme einen zurecht, was das Zeug hält, aber der müsste bald fertig sein, unser disziplinierter Musterknabe. Ich kann also noch in Ruhe den Kugelschreiber zu Ende nuckeln.« Er grinste und steckte ihn wieder in den Mund.

»Das war also nur eine kleine Kugelschreiber-Pause hier draußen?«

»Genau. Funktioniert genauso gut wie das Rauchen, ist aber erheblich billiger.«

»Du musst nur aufpassen, dass du ihn nicht falsch herum in den Mund steckst. Mein Kollege Will trägt auf diese Weise häufiger unfreiwillig zu unserer Unterhaltung bei.«

»Die Chance beträgt immerhin fünfzig Prozent, dass das nicht passiert. *Das ist ausbaufähig*, würde Colin sagen.«

»Für ihn ist das Glas immer halbvoll?«

»Nee, das ist eine ganz merkwürdige Type für sich. Den kann man nicht beschreiben. Schau ihn dir selbst an, lass dich aber nicht aus der Ruhe bringen. Wenn er nicht gezielt auf Fehler hinweist, ist alles bestens.«

»Nichts für Leute, die gelobt werden wollen?«

»Nope! Definitiv nicht.« Socks lachte. »Du …«

»Ich?«

»Wenn du nachher stinksauer davonläufst, dann lass dich aber nicht scheiden, sondern trete mir im Vorbeigehen mit Anlauf in die Fresse. Es war meine Idee, dass du hier singst.«

»Darrel wollte es aber auch unbedingt.«

»Dem liege ich seit Wochen in den Ohren, dass ihr das Duett zusammen singt. Der konnte am Ende nicht mehr anders, als dich darum zu bitten. Der arme Kerl will doch auch mal seine Ruhe haben.«

»Ich dachte, ich singe mit dir?«

»Nein, ich singe das nur auf der Bühne. Mit Sarah …« Er vergrub das Gesicht in den Händen und mimte einen Weinkrampf.

»Mit Sarah?«

Er hob den Kopf und fuhr ruhig fort: »Bei normalen Auftritten werde ich einen Teufel tun und mit irgendeinem meiner Bandkollegen ein Duett übers Schlafen singen. Ich habe schließlich meinen guten Ruf als ruchloser Frauenheld zu verlieren. Aber bei Berties berüchtigter Geburtstagsparty brauchen wir ordentlich Material. Da sind wir nämlich Hauptgruppe. Und Sean, bei dem bekanntlich Genie und Wahnsinn noch näher beieinanderliegen als bei mir, kam letztens bei der Probe mit der wahnsinnig genialen Idee an, dass Sarah für einen Song auf die Bühne kommt und hinterher freudestrahlend CDs verkauft.«

»CDs?«

»Denk daran, was wir hier gerade machen.«

»Ja, schon, aber ich dachte, das läuft über Downloads?«

»Wir lassen auch CDs brennen. Die kann man leichter signieren. Das ist wie der Unterschied zwischen Kugelschreiber und Zigarettenrauch. Letzterer ist nicht wirklich greifbar.«

»Weiß Sarah schon von ihrem Glück?«

Er lachte. »Die ist nicht wie du. Wenn Dylan sagt, dass das ganz einfach ist und das Publikum keinem was tut, dann reicht ihr das. Sie freut sich schon richtig drauf.«

»Ist das nicht zu viel Stress für sie? Sie ist immerhin schwanger!«

»Wenn Dylan doch aber sagt, dass das okay ist! Die macht sich echt keinen Kopf. Du hättest sehen sollen, wie die gestrahlt hat, als ich ihr gesagt habe, dass das klargeht.«

»Bis dahin ist sie aber schon eindeutig sichtbar schwanger.«

»Wenn du es nicht erwähnst, erwähne ich es auch nicht.«

»Das weiß sie doch selbst!«

»Sicher?«

»Sie ist Krankenschwester.«

»Wenn aber doch Dylan sagt … Ach, lassen wir das! Sean meinte zu mir ganz kaltschnäuzig: *Wir können die Nummer noch bis fünf Millisekunden vor ihrem Auftritt aus der Setlist streichen.* Der sieht das ganz entspannt. Im Zweifelsfall spricht er von der Bühne runter eines seiner berühmten und total verklausulierten Machtworte.«

»Stricken ist eindeutig das entspannendere Hobby.«

»Ja, wenn die alle so weitermachen, lasse ich es mir von dir beibringen und stricke mit dir im Duett auf der Couch. Darrel kann uns ja auf der Gitarre begleiten, wenn er will.«

»Gitarre oder Banjo?« Darrel half mir auf und gab mir einen Begrüßungskuss. »Aufgeregt?«

»Schrecklich!«, gestand ich.

»Das musst du nicht sein. Wir können das beliebig oft wiederholen.«

»Soll sie das trösten oder abschrecken?«, fragte Socks und steckte den Kugelschreiber weg.

Drinnen wurde ich Colin und Jayden vorgestellt. Colin schätzte ich auf Mitte vierzig. Er war mittelgroß, schlank und wirkte mit seinen dunkelblonden, und nur vereinzelt mit silbernen Fäden durchzogenen Haaren, dem grauen T-Shirt und den dunkelblauen Jeans sehr unscheinbar. Sein schmales, ausdrucksloses Gesicht tat ein Übriges. Jayden war das genaue Gegenteil: Er war hellblond, pummelig, trug zu einer leuchtend blauen Hose ein blassgelbes T-Shirt mit dem schwarzen Aufdruck *sing out loud* und wirkte auf den ersten Blick wie zwölf. Auf den zweiten wie höchstens achtzehn. Er lümmelte breit grinsend auf seinem

Stuhl herum. Er kam mir wie ein Praktikant vor, doch es gehörte zu meinen Prinzipien, Mitmenschen niemals zu unterschätzen. Hinter so manchem unprofessionellen Auftreten konnte sich eine erstaunliche Professionalität verbergen. Leider aber auch umgekehrt.

Colin stand auf und führte mich in einen Aufnahmeraum. Dort erklärte er kurz alles und wollte mich schon allein lassen, als ich ihn schüchtern fragte: »Muss ich die Schuhe ausziehen?«

Er verzog keine Miene und stellte mit monotoner Stimme die Gegenfrage: »Schlägst du beim Singen nervös die Hacken zusammen oder hampelst sonst irgendwie geräuschvoll herum?«

»Äh ... Nein, das habe ich nicht vor.«

»Dann kannst du sie anbehalten.« Er drehte sich um und ging.

Ich setzte den Kopfhörer auf, hörte mir, wie Colin vorgeschlagen hatte, den Guide-Track einmal an und sang beim zweiten Mal mit.

»Ich spiele ihn dir gleich noch einmal vor«, war Colins Kommentar. Er verzog weiterhin keine Miene, während Darrel sich offenbar angestrengt das Lachen verbiss und Socks zügig den Regieraum verließ. Brauchte der schon wieder eine Kugelschreiberpause? Oder hatte er seine Gesichtszüge nicht so gut unter Kontrolle wie Darrel und Colin? Ob Jayden meinetwegen so grinste, ließ sich schwer beurteilen, da es sich bei ihm um einen Dauerzustand zu handeln schien. Ich beschloss, ihm einfach nicht mehr ins Gesicht zu sehen, um mich nicht verunsichern zu lassen.

Beim zweiten Durchgang war ich bereits etwas ruhiger. *Was soll's?*, dachte ich. *Singe ich hier eben notfalls, bis ich heiser bin. Irgendwann wird denen da draußen schon aufgehen, dass ich das nicht kann, und sie werden ein Einsehen haben und Sarah die Sache übernehmen lassen.*

»Ich spiele dir den Guide-Track jetzt viermal hintereinander vor, und du singst mit. Wenn du dich verhaust, mach einfach weiter. Und wenn du zwischendurch eine Pause brauchst, sag Bescheid«, meinte Colin mit ausdruckslosem Gesicht.

Hochkonzentriert versuchte ich, mein Bestes zu geben.

»Möchtest du etwas trinken?«, fragte mich Darrel anschließend. »Dann komm zu uns heraus.«

Ich öffnete zögerlich die Glastür und kam mir vor wie ein Häftling beim Ausbruch. Nur hatten die vermutlich nicht dieses unerklärliche schlechte Gewissen. War es für Colin in Ordnung, dass ich zu ihnen kam? Er sagte nichts und blickte mit ausdruckslosem Gesicht an mir vorbei. Poker war eindeutig sein Spiel.

Darrel reichte mir lächelnd eine Flasche. »Alles okay?«

»Ja.«

»Wirklich?«

»Es ist ein komisches Gefühl, dich über den Kopfhörer zu hören, obwohl du nur wenige Meter entfernt vor mir sitzt.«

»Man gewöhnt sich daran. Ist es dir da drin zu eng?«

»Zu eng? Mein Zimmer bei Julia war auch nicht viel größer.«

»Socks bekommt im Aufnahmeraum ständig irgendwelche klaustrophobische Anwandlungen. Deshalb hängt er oft draußen herum. Am Anfang klopfte ich ihm die Taschen auf Zigaretten ab, aber er lutscht dort nur an seinem Stift. Kann er haben.«

»Er hat sich abtasten lassen?« Ich lachte.

»Im Schritt hat er es sich vorsorglich verbeten, aber das hatte ich auch nicht vor. Wer da Zigaretten schmuggelt, ist ein hoffnungsloser Fall.«

Ich gab ihm die Flasche zurück.

»Bereit?«, erkundigte sich Colin.

»Soll ich wieder reingehen?«, fragte ich ihn unsicher.

»Ja.« Er schien tatsächlich nur einen einzigen Gesichtsausdruck zu besitzen: keinen.

Ich sang meinen Part noch ein paar Mal.

»Du kannst herauskommen«, hörte ich Colins Stimme über den Kopfhörer. Durch die Scheibe sah ich sein Gesicht. Hatte er überhaupt die Lippen bewegt?

Ich öffnete die Tür und war überrascht, als Darrel mich strahlend umarmte. War ich etwa schon fertig?

»Mit dem Material kann man arbeiten«, sagte Colin.

Jayden grinste breit.

»Möchtest du nach Hause oder zusehen, wie wir Socks foltern?« Darrel feixte.

»Bin ich schon fertig?«, fragte ich erstaunt.

»Ja«, antwortete Colin. »Schick Socks herein, wenn du gehst.«

Das betrachtete ich als eindeutige Aufforderung, Darrels Angebot, noch etwas zu bleiben, besser auszuschlagen. Ich verabschiedete mich von Colin und Jayden, was mit den erwarteten Gesichtsausdrücken quittiert wurde. Darrel begleitete mich nach draußen, wo Socks wie vorhin auf der Treppe saß.

»Drück deinen Kugelschreiber aus und geh wieder rein. Dein Typ ist dort momentan total angesagt«, meinte Darrel grinsend zu ihm.

»Kann man denn nie in Ruhe einen zu Ende nuckeln?«, nörgelte Socks und stand ächzend auf. »Darf ich dich um zwei Gefallen bitten?«, fragte er mich.

»Ja.« Ich sah ihn erstaunt an.

»Wenn mal irgendeine Frau wissen will, wie alt ich bin, sagst du dann bitte *zweiundvierzig*?«

»Wie bitte?«

»Und der zweite Gefallen wäre: Stell mir dazu bitte keine Fragen.«

»Du bist zweiundvierzig?«

»Genau.«

»Okay!«

»Danke!« Er lächelte und ging hinein.

»Was war das?«, fragte mich Darrel lachend.

»Keine Ahnung!«

Darrel blickte ihm nach. »Hoffentlich verliert er da drin nicht das letzte Restchen Verstand, das ihm noch durch den Kopf kullert.«

»Darrel?«

Er drehte sich lächelnd zu mir, und ich konnte es ihm plötzlich nicht mehr sagen, weil er so glücklich aussah. Er nahm mein Gesicht ganz sanft in seine Hände und küsste mich. Dann flüsterte er: »Danke!«

Ich lächelte zurück.

Er sah mir ernst in die Augen. »Du möchtest mir etwas sagen?«

»Ich liebe dich!«

»Ich liebe dich auch. – Aber das war es nicht, was du mit mir besprechen wolltest, oder? Du kannst mir immer alles sagen. Das weißt du. Zum Beispiel, was für ein fieser Kerl ich bin, der dich mit ganz miesen Tricks in Tonstudios lockt.«

»So würde ich es nicht ausdrücken.« Ich lächelte.

»Das war nicht okay. Es tut mir sehr leid. Ich verspreche dir, dass das nie wieder vorkommt.« Er nahm meine rechte Hand und legte sie auf seine Brust. Ich spürte sein Herz schlagen, sah in seine hellen Augen und versank in einer anderen Welt.

»Ich bin so ein verdammter Mistkerl. Du musst unbedingt lernen, Nein zu sagen«, flüsterte er mir ins Ohr.

»Das sagst du mir jetzt erst.« Ich lachte.

»Bist du mir böse?«

»Nein. Siehst du: Ich habe Nein gesagt.« Ich küsste ihn.

»Wirklich nicht?«

»Einigen wir uns darauf: Wenn du mich mal wieder direkt nach dem Sex um etwas bittest und ich Ja sage, dann vergiss es einfach gleich wieder«, flüsterte ich.

»Okay. Ich gewähre dir ab sofort ein dreitägiges Rücktrittsrecht von allen im Liebestaumel geäußerten Versprechen«, flüsterte er zurück.

»Ich wollte dich etwas anderes fragen.« Ich nahm meine Hand von seiner Brust.

Doch er fing sie und legte sie postwendend an ihren angestammten Platz zurück. »Dann frag.«

Mir wurde leicht schwindlig. »Ich weiß nicht, ob du das falsch verstehst.«

»Ich verstehe alles, was du dir wünschst.« Er schenkte mir sein Verstandkillerlächeln und machte es mir dadurch nur noch schwerer.

»Darrel, wärst du mir böse, wenn ich unter einem Künstlernamen aufgeführt werde?«

»Nein. Ich will dir ja keine Probleme im Job verursachen.«

Ich war verblüfft. »Es ist nicht so, dass ich nicht dazu stehe, aber ich möchte das gern getrennt halten.«

»Völlig verständlich. Ich heiße in Wirklichkeit Ernest Bunbury-Prat und will ebenfalls meinen guten Namen nicht mit Banjomusik beschmutzen.«

»Ich sehe, du kannst mir bei der Suche nach einem hübschen Pseudonym behilflich sein«, sagte ich lachend.

»Ja, zum Beispiel der Name Moran eignet sich hervorragend für solche Zwecke. Viel besser als zum Beispiel Moron. Probiere es aus, wenn du mir nicht glaubst.«

»Du möchtest, dass ich deinen Nachnamen verwende?« Damit hatte ich nicht gerechnet. »Aber ist das nicht schlecht in Bezug auf die Fans?«

»Das ist gut in Bezug auf die Fans. Das hält sie mir vom Leib. Machst du es?« Da war es wieder, das Verstandkillerlächeln.

»Ja, gern. *Louise Moran* gefällt mir.«

»Gut, dann kann ich den Punkt abhaken und muss dich nicht im Bett noch einmal fragen.«

Hinter uns öffnete sich die Tür. Colin kam, gefolgt von Socks, mit unbewegtem Gesicht heraus und zündete sich neben uns eine Zigarette an. »Ich habe schon weitaus Schlimmeres gehört«, meinte er zu mir und entfernte sich einige Schritte. Socks ließ sich auf die Treppe plumpsen und stützte den Kopf auf die Hände. Wir setzten uns zu ihm.

»War ich so furchtbar?«, flüsterte ich.

»Ich weiß nicht, ob er dich, Socks oder uns alle meint. Es kann aber auch ein Lob sein«, flüsterte Darrel zurück. »Ich muss mal Andy fragen. Der kann das übersetzen.«

»Ich glaube, er meint Lou im Vergleich zu mir«, murmelte Socks. »Warum sonst geht er bei mir nach zwei Versuchen plötzlich eine rauchen?«

»Musst du immer noch lachen, sobald du meine Stimme hörst?«, fragte Darrel. »Wenn ich das geahnt hätte, hätte ich mir die Mühe mit den Guide-Tracks echt sparen können!«, sagte er zu mir. »Ich musste dabei tiefer singen, da die Songs ja für Socks geschrieben sind.«

»Nein, da reiße ich mich inzwischen tierisch zusammen. Ehrenwort!« Socks blickte schuldbewusst zu Boden. »Und ich weiß deinen Einsatz auch echt zu schätzen. Aber ich habe vorhin versehentlich beim Singen Jayden statt Colin angesehen und konnte nicht an mich halten. Diese Fresse! Was macht der Kerl da eigentlich überhaupt? Außer jeden total zu verunsichern.«

8. Neues Zuhause

Socks steckte bei der Parterrewohnung seinen nagelneuen Schlüssel ins Türschloss und hielt kurz inne. Dann klopfte er und schloss auf.

»Ho! Ho! Ho!«, rief James von der Couch. »Dem Getöse nach zu urteilen kann es nur der Weihnachtsmann sein, der uns in Stepptanzschuhen und mit einem Sack voll Altmetall auf dem Rücken einen Besuch abstattet. Schließ einfach auf, und gut ist! Dafür ist der Schlüssel schließlich da. Wenn du klopfen willst, geh in den Park zu den Spechten.«

»Hi, Lou!«, meinte Socks im Vorbeigehen zu Andy, der an Lous Computer saß. »Rasier dir bei Gelegenheit mal den Damenbart ab. Du hast einen Schatten auf der Oberlippe.« Er ließ sich auf seinen Sitzwürfel plumpsen und sagte zu James: »Ich will nur allen Zeit geben, sich auf mein Eintreten vorbereiten zu können.«

»Was willst du damit andeuten? Dass wir auf der Couch wild über- und untereinander ... – und dass wir, wenn wir dich hören, ganz schnell unsere Unterhosen zwischen Teekanne und Zuckerdose suchen müssen?«, fragte Darrel, der mitten im Raum am Bügelbrett stand und den Kniffen in seinen frischgewaschenen Hemden den Garaus machte.

Lou saß strickend in ihrer Couchecke und lächelte freundlich. »Nimm dir Tee oder lass es. Du bist in diesem Zimmer jetzt zu Hause und wirst nicht mehr bedient.«

»Na ja, Darrel, wenn ich an dich und Lou nach unserem letzten Gig denke ...« Socks grinste und goss sich Milch und Tee in den Becher.

»Der ist eindeutig nachtragender als du«, maulte Darrel und deutete mit den Lippen einen Kuss in Lous Richtung an. »Zum Glück habe ich seine Heiratsanträge nie angenommen, sondern auf die Richtige gewartet.«

»Eine mit grottenschlechtem Gedächtnis?«, neckte sie ihn.

»Hört auf fernzuknutschen, sonst haut er gleich wieder ab«, warnte James, der mit einem Buch auf der langen Seite der Eckcouch lag. »Socks ist doch so schrecklich prüde!«

»Ja, das merkt man!«, bestätigte Andy, rollte mit dem Schreibtischstuhl ein wenig beiseite und gab den Blick auf den Bildschirm frei, auf dem ein Foto von Socks prangte, der links und rechts je eine junge Frau im Arm hatte und mit Kussmund in die Kamera blickte.

»Man beachte die Lippenstiftspuren!« Andy deutete vage auf ein paar Stellen.

»Wann habt ihr denn das aufgenommen?«, fragte Socks völlig geschockt.

»Das ist alt! Das hat Emma im Februar oder März als Kommentar gepostet«, meinte Lou lapidar und strickte seelenruhig weiter. »Also muss sie ihre Freundinnen und dich logischerweise nach irgendeinem Gig davor aufgenommen haben. Aber ihr eigenes Herz gehört natürlich jetzt und immerdar Darrel, weil der nach ihrer objektiven Einschätzung *total niedlich* und *so wahnsinnig schüchtern* ist.

169

Ich würde es nie wagen, ihr zu widersprechen. Die junge Dame macht einen sehr resoluten Eindruck.«

»Die Frau macht mir Angst. Das ist alles«, stellte Darrel nüchtern fest und legte das letzte Hemd zusammen. »Die steht immer direkt vor der Bühne und wartet hinterher an der Tür auf uns. Keine Ahnung, wie die das macht. Vielleicht sind das in Wirklichkeit Zwillinge. Wir hätten uns doch besser Eheringe zulegen sollen. Zumindest für die Gigs.« Er klappte das Bügelbrett zusammen und stellte es in der Küche in den Besenschrank.

»Du verwechselst da etwas«, meinte Lou. »Die steckt man sich nicht extra an den Finger, wenn man sich mit hübschen jungen Frauen trifft, sondern legt sie vorher ab.«

»Dann mache ich ja alles richtig, wenn ich mich gleich ohne Ring neben dich setze.« Darrel grinste und brachte den Stapel Hemden in sein Schlafzimmer.

»Wenn wir erst die CDs haben, können wir Emma jedes Mal eine verkaufen, wenn sie auf uns wartet. Ich male auf jede ein anderes Motiv ...«, sinnierte James laut.

»Bäh! Bist du fies! Allerdings auch geschäftstüchtig. Anders kommt man in der Musikbranche zu nichts.« Andy lachte.

»Warum weiß ich von dem Foto eigentlich nichts?«, fragte Socks, der alles noch immer nicht fassen konnte.

»Wenn ich dir jedes Bild, das die Mädels von dir posten, zeigen wollte, hätte ich viel zu tun«, antwortete Lou trocken und warf einen Blick auf die Strickmusteranleitung auf dem Couchtisch. »Du kannst eure Seiten im Internet jederzeit besuchen. Die sind schließlich öffentlich.«

»Da gibt es noch mehr solche Bilder?« Socks war baff.

»Du willst uns jetzt aber nicht weißmachen, dass du es nicht mitbekommst, wenn sie dich knipsen?« Darrel lachte und setzte sich schwungvoll neben Lou.

»Ich dachte, das ist nur so für den Hausgebrauch …« Socks rutschte unruhig auf seinem Sitzwürfel herum und blickte verwirrt zu Lou, die eine Zopfstricknadel quer zwischen den Lippen hatte.

Sie sprach daher etwas undeutlich: »Die veranstalten offensichtlich einen Wettstreit, wer die schrägsten Fotos von euch postet.« Sie nahm die Nadel aus dem Mund und deponierte Maschen darauf. »Ich weiß nicht, ob ihr untereinander ebenfalls eine Wette laufen habt. Wenn ja, dann liegst du haushoch in Führung, soweit ich das überblicken kann.« Sie steckte die Nadel wieder quer zwischen die Lippen.

»Ich wusste das echt nicht.« Socks war völlig geschockt. Wie sollte Tamsin ihn je für voll nehmen, wenn solche Fotos von ihm im Netz kursierten? Fieberhaft überlegte er, bei welchen Gelegenheiten, er für Selfies und Gruppenfotos posiert hatte. Doch sein Gedächtnis war wie leergefegt. Er sah nur Tamsins Gesicht vor seinem geistigen Auge und ihr spöttisches Lächeln, sobald er zur Abwechslung einmal etwas Nettes zu ihr sagte. Hatte sie wegen solcher Fotos heute keine Zeit für ihn? Rief sie ihn deshalb nie von sich aus an, um ein Treffen zu vereinbaren?

»Ist das okay, wenn ich euch bei mir ein Gratis-Postfach einrichte?«, fragte Andy, der währenddessen weitergearbeitet hatte.

»Oh, das ist lieb von dir! Danke!«, rief Lou.

»Was will uns dieser äußerst gutaussehende Mann damit sagen?«, frage James.

»Schau mich nicht an! Ich benutze meinen Kopf lediglich als Hutstütze«, antwortete Darrel, schielte und patschte wie ein Kleinkind mit der Hand neben sich auf die Couch.

»Aufgrund gewisser Vorkommnisse im fotografischen Bereich stelle ich euch gern meine Geschäftsadresse zur Verfügung, damit gewisse junge Damen nicht auf die Idee kommen können, euch hier zu besuchen«, erklärte Andy. »Das meiste geht ohnehin über Telefon und Internet. Sollte auf diesem Weg je Post für euch kommen, bringe ich sie abends mit.«

»Was machst du da eigentlich gerade?«, fragte Socks. »Postest du unter Lous Namen unanständige Witze in Handarbeitsforen?«

»Das mache ich anschließend, nachdem ich auf eurer Startseite die Top 100 der peinlichsten Socks-Bilder verlinkt habe. Ihr braucht dringend Content! Und nebenbei platziere ich willkürlich die Downloadmöglichkeiten für euren Krawall auf eurer Website. Damit bei mir keine Langeweile aufkommt«, antwortete Andy. »Bevor ich das Lou lang und breit erkläre, kann ich es auch schnell selbst machen. Willst du mal schauen, Lou?«

Sie stand auf, drückte sich an Darrel vorbei und ging zum Schreibtisch. »Sieht toll aus! Herzlichen

Dank! Jetzt brauchen wir nur noch Emmas Erlaubnis, eines ihrer Fotos auf der Startseite zu verwenden ...«, schlug sie zwinkernd vor und zog sich wieder in ihre Couchecke zurück.

»Veto!«, rief Socks panisch.

»Genau!«, bestätigte Darrel. »Wir sind schließlich eine Band und kein Escortservice!«

»Ja, da muss ich Socks schweren Herzens recht geben.« Andy lachte. »Auf fremdes Bildmaterial sollte man sich nicht verlassen. Allerdings sollte man auch grundsätzlich einen gewissen Abstand zu den Fans einhalten. Jedes Mal, wenn man nach einer gemeinsamen Nacht nie wieder anruft, verliert man einen. Das kann sich eine unbekannte Band nicht leisten. Außerdem musst du verdammt vorsichtig sein, Socks. Die jungen Damen sind manchmal jünger, als sie aussehen. Also besser generell Finger weg! – Ich bin übrigens fertig. Du kannst dein Passwort wieder ändern, Lou.«

»Quatsch! Das habe ich nicht euretwegen, sondern für den Fall, dass mal eingebrochen wird.« Lou lachte. »Der Webauftritt ist jetzt schön übersichtlich und wirkt richtig professionell! Herzlichen Dank!«

»Danke, Andy! Die Rechnung schickst du an die auf unserer Website angegebene Kontaktadresse«, schlug James vor, legte ein Lesezeichen in sein Buch und klappte es zu. »Ups! Da steht ja jetzt deine! So ein Pech! Dann musst du das wohl selbst bezahlen.« Er setzte sich auf, um Andy Platz zu machen, der den Rechner heruntergefahren hatte und nun zu ihnen auf die Couch kam.

»Wir können aufrücken, wenn du dich zur Abwechslung mal anlehnen willst«, meinte James zu Socks, der unruhig auf seinem Sitzwürfel herumrutsche. »Das komische Teil ist auf Dauer bestimmt nicht gut für den Rücken. – Mann! Dieser panische Blick gleich wieder! Du sollst dich an die verdammte Lehne lehnen und nicht an Andy! Was dachtest du?«

Während die anderen ihrer Heiterkeit freien Lauf ließen, setzte sich Socks auf das freie Ende der Couch. »Zufrieden?«

»Ja, jetzt haben wir dich endlich dort, wo du hingehörst«, stellte Lou kichernd fest.

»Und wer schuldet jetzt wem Geld?«, fragte Socks.

»Du kannst nur dann eine Wette abschließen, wenn jemand dagegenhalten möchte«, erklärte ihm Darrel.

»Ich habe generell ein gestörtes Verhältnis zu Polstermöbeln«, murmelte Socks.

»Wurdest du als Kind von einem zu weichen Sofa verschlungen und bist erst drei Tage später in Chelsea wieder herausgekommen?«, fragte Andy.

»Nein, aber die Lehnen sind für meine Körpergröße alle unvorteilhaft geformt.«

»Wir können dir ein Kissen besorgen, das du dir in den Rücken schieben kannst«, schlug Lou vor und schien das wirklich ernst zu meinen.

»Ich dachte, der Satz endet anders, und ich soll es mir ins Maul oder ganz woandershin stecken.« Socks machte ein verzweifeltes Gesicht. »So, inzwischen habt ihr mich physisch auf der Couch und psychisch am Boden. Wie geht's jetzt weiter?«

»Wenn alle Stricke reißen, kannst du dir deine alte Matratze vom Dachboden holen«, meinte Lou. »James und Darrel haben sie in Malerfolie gewickelt und in der Mansarde eingelagert, damit sie nicht mit den anderen wegfliegt, wenn Dylan und Sarah das Wohnzimmer einrichten.«

»Hey, danke!« Socks schaute gerührt in die Runde. »Keine Ahnung, was ich jetzt noch mit dem Ding soll, aber echt lieb von euch, dass ihr an mich gedacht habt!«

»Was ist denn los mit dir, Socks? Bist du ein Sensibelchen heute?«, fragte Darrel.

»Normalerweise hast du auch kein Problem mit Nähe, wenn man sich Emmas Fotos so ansieht«, lästerte James.

»Du hast aber ein Problem mit Emmas Foto.« Lou sah ihn mitleidig an.

Die hat einen Blick drauf wie Mum, als ich damals der Länge nach in den Matsch gefallen war, dachte Socks und wunderte sich im nächsten Augenblick über sich selbst.

»Hey! Das mit den Lippenstiftspuren war doch nur ein Scherz.« Andy sah ihn erschrocken an. »Wenn auch kein guter. Sorry!«

»Ich finde ihn klasse.« James grinste. »Socks hat nicht widersprochen und es tatsächlich für möglich gehalten.«

»Schon okay. Darauf kommt es auch nicht mehr an.« Socks lächelte jungenhaft.

»Wenn du willst, ändern wir deinen Steckbrief und schreiben, dass du dich verlobt hast«, schlug Andy vor.

»Nein!«, rief Socks erschrocken.

»Wirklich ein Sensibelchen!«, stellte Darrel fest. »Aber bei mir könntet ihr bei Gelegenheit mal den Familienstand ergänzen: *bis zum Abwinken so was von granatenmäßig glücklich verheiratet.*« Er grinste Lou an, die tatsächlich errötete und lautlos mit den Lippen Worte formte, die Socks nicht erkennen konnte, weil James sich in dem Moment nach vorn beugte und seinen Becher abstellte.

»Die Fotos reichen mir für heute voll und ganz.« Socks legte den Kopf in den Nacken und blickte zur Decke. *Das Internet vergisst nie!* Dieser Satz, den Lou irgendwann einmal fallengelassen hatte, geisterte ihm durchs Gehirn.

»Eure Bilder sind alle harmlos! Da habe ich schon Schlimmeres geradebiegen müssen. Okay, die ulkige Schnute hättest du dir vielleicht verkneifen können, aber ansonsten ist es doch normal, dass der Größte in der Reihe den Arm um die anderen legt, wenn man für ein Foto zusammenrückt.« Andy lächelte ihn entwaffnend an. »Und selbst mit Kussmund: Wenn ich irgendwo so ein Foto von James finden würde, würde ich schallend lachen.«

»Das ist aber ein bisschen was anderes«, wandte Socks ein.

»Ich würde auch lachen, wenn er zwei Jungs im Arm hätte«, legte Andy nach. »Lou, was würdest du tun, wenn sich Darrel mit zwei Frauen so fotografieren lassen würde?«

»Ich würde mir wirklich ernsthaft Sorgen machen und …«

»Siehst du!«, unterbrach Socks Lou.

Die fuhr fort: »… ihm ein Fieberthermometer in den Mund stecken und einen Arzt rufen.«

»Ihr seid ja so reizend zu mir! Jetzt weiß ich Bescheid! Danke fürs Gespräch!«, maulte Socks, während die anderen lachten.

»Immer wieder gern!« Lou lächelte ihn freundlich an.

»Du vertraust ihm voll und ganz?«, fragte Socks. Sie zuckte mit den Schultern. »Anders funktioniert eine Beziehung nicht. Wer hinter jeder Ecke Verrat wittert, sollte besser solo bleiben.«

»Außerdem ist sie diejenige, die mich jeden Morgen schnöde verlässt, um sich mit einem Stall voll Männern einen lustigen Tag zu machen.« Darrel blickte mitleidheischend zu Lou.

Die tätschelte ihm den Kopf. »Lustig? Nein! Unfreiwillig komisch? Ja! Männer? Na ja ... Ich habe sie bisher nicht als solche wahrgenommen, sondern als Kollegen, aber jetzt, wo du es erwähnst ... Will steckt sich gern das Hemd in die Unterhose, deren Rand dann über den Hosenbund hinausragt. Das macht Tamsin und mich immer ganz wuschig. Wir stehen total auf Hellblau und Doppelripp! Man will schließlich grundsätzlich das, was man daheim nicht bekommt!«

»Ahhhhh!«, rief James. »Wie kriege ich dieses Bild je wieder aus meinem Kopf? Ahhh!«

Socks war zusammengezuckt, als Lou so lässig von Tamsin gesprochen hatte. Ob Tamsin wohl noch ab und zu Stan erwähnte? Wusste Lou, was Tamsin *daheim bekam* oder nicht bekam? Sprachen die beiden Frauen über solche Dinge, oder waren sie mehr von der diskreten Sorte, die niemals ins Detail ging?

Darrel legte den rechten Oberarm auf die Lehne, stützte den Kopf in die Hand und blickte die neben ihm strickende Lou unverwandt an.

James gab noch immer nicht identifizierbare Geräusche von sich, in die er ab und zu »Doppelripp!« und »Hellblau!« einstreute. Andy beobachtete ihn amüsiert.

Es dauerte nicht lang, bis Lou aufsah. Darrel schenkte ihr sein berüchtigtes Speziallächeln, das Socks insgeheim *Killerlächeln* nannte, und sie lächelte zärtlich zurück.

Jetzt zerfließt sie gleich, und wir müssen Eimer und Wischlappen holen!, dachte Socks. Doch vielleicht brauchten Paare diese Momente. Schöpfte Lou aus ihnen ihr Vertrauen? Socks kannte sich auf dem Gebiet nicht aus. Ihm fiel der Blödsinn ein, den Darrel vorgegeben hatte, auf Lous Rücken zu schreiben. Letztendlich war es eine erstaunlich offene Liebeserklärung gewesen, die für Socks als Zuschauer in der albernen Balgerei jedoch beinahe untergegangen war. Völlig übertrieben, leicht ironisch formuliert. Doch viel eindeutiger als Darrels Songtexte, in denen er fast ausschließlich mit Andeutungen arbeitete und sich offenbar nie festlegen wollte.

Während wir uns Sorgen um Lous Hose und Darrels Geisteszustand machten, fand der nur einen neuen Weg, ihr etwas Wichtiges mitzuteilen, durchfuhr es Socks. *Ich hätte besser zuhören und nicht nur zusehen sollen.*

Socks beobachtete die beiden. Das Gespräch der vier drehte sich wieder um die Website, doch er hörte nicht zu. In seinem Kopf formulierte er einen Brief, den er irgendwann schreiben und, sobald er den Mut dazu fand, Tamsin auf den Nachttisch legen wollte.

Kurz vor elf ging Socks auf sein Zimmer und rief Tamsin an.

»Hi, Stan!«

»Hi! Hier spricht Stans behämmerter Cousin Sam.«

»Hi, Sam!«

»Leider müssen wir Ihnen mitteilen, Ma'am, dass Stan Hals über Kopf auf die Shetlandinseln ausgewandert ist.«

»Das ist schade.« Tamsin wirkte verwirrt.

Oh, nein! Ich Trottel! Das klingt ja wie ein Abschied! Fieberhaft und in Windeseile überdachte er jede einzelne Formulierung, bevor er fortfuhr: »Stan überprüft dort ab sofort die Sicherheit der Schafe und ist eine wertvolle Stütze der Schafzüchtergesellschaft. Aber wir sind überglücklich, Ihnen mitteilen zu können, dass sein so was von total behämmerter Cousin Sam ab sofort voll und ganz, einzig und allein Ihnen zur Verfügung stehen wird. Falls Sie das wünschen.«

»Wo muss ich unterschreiben?«, fragte Tamsin nach kurzem Zögern. Ihre Stimme klang wieder etwas entspannter, und Socks fiel ein Stein vom Herzen.

»Auf der gepunkteten Linie. Wir schicken Ihnen gern bei Gelegenheit Sam mit einem entsprechenden Formular vorbei. Er übernimmt ab sofort die Hausbesuche und hat noch jede Menge Termine frei.«

»Socks, meine Mutter ist momentan krank, und ich kümmere mich abends um sie. Nichts wirklich Schlimmes: Ein Bänderanriss am linken Knöchel. Ich koche für uns und muss eben zwei Haushalte statt einem betreuen. Deshalb habe ich unter der Woche keine Zeit für dich. Verstehst du das?«

»Ja, natürlich.«

»Wir können uns am Wochenende sehen, wenn du magst. Ich muss nicht den ganzen Tag bei ihr herumsitzen. Wenn ich sage, dass ich Besuch bekomme, ist das völlig okay für sie.«

»Das passt gut. Ich wollte mal messen, wie lang man von Camden nach Islington braucht. Hast du Lust, am Samstag die Stoppuhr für mich zu drücken? Wann darf ich dich dazu anrufen?«

»Du darfst mich jeden Abend anrufen, wenn du magst. Melde dich wegen Samstag am Freitagabend bei mir, wenn dir das recht ist.«

»Mir ist alles recht, was du vorschlägst«, flüsterte Socks.

»Und wenn ich vorschlage, mit dir zusammen die Vorhänge abzuhängen, zu waschen und wieder aufzuhängen?« Tamsin lachte.

»Bist du dabei nackt?«

Sie lachte noch lauter. »Damit mich die Nachbarn sehen, wenn die Vorhänge weg sind?«

»Die sollen endlich wissen, was sie Tolles verpassen. Aber okay. Du darfst den Slip anbehalten. Ich helfe dir übrigens wirklich gern. Bei meiner Größe brauche ich keine Leiter.«

»Das war nur Spaß, Socks. Das habe ich zum Beispiel heute in der Wohnung meiner Mutter gemacht. Sie sitzt den ganzen Tag vor dem Fernseher und sieht Reklame für Putz- und Waschmittel. Das bringt sie auf dumme Ideen, die ich dann abends ausbaden muss.« Tamsin lachte.

»Es ist doch aber schön, dass du eine Mutter hast.«

»Ja, wir verstehen uns auch recht gut. Ich kann mich eigentlich nicht beschweren, mache es aber trotzdem. Das ist eine alte Tradition bei Töchtern und Müttern.«

***

Zwar war immer wieder von Berties vierzigstem Geburtstag im Juni die Rede gewesen, doch was sich wirklich dahinter verbarg, wurde mir erst klar, als die konkrete Planung des Auftritts begann. Die private Veranstaltung für Freunde und gute Kunden fand in einem ehemaligen Tanzsaal statt, der zu einem Lokal in Basingstoke gehörte, einer kleinen Stadt in Hampshire. Während ich mich noch freute, dass es eine direkte Zugverbindung dorthin gab, erklärte mir Darrel, dass Bertie stets alles bis ins kleinste Detail von einem Partyplaner durchorganisieren und sich auch sonst nicht lumpen ließ. Als Gage erhielten sie natürlich keine Reichtümer, sondern nur eine bescheidene Pauschale, es entstanden der Band aber keinerlei Unkosten, sodass unterm Strich etwas übrigbleiben würde, was normalerweise eher selten der Fall war.

Teilweise gegenfinanziert wurde das Ganze durch ein geringes Eintrittsgeld, das mehr den Charakter einer Schutzgebühr hatte, und indem alkoholische Getränke, außer beim Sektempfang am

Mittag, von den Gästen selbst bezahlt werden mussten. Vermutlich würde die Veranstaltung sonst in ein gnadenloses Besäufnis ausarten und gemäßigtere Gäste abschrecken. Die Band sollte am Samstagmorgen um neun Uhr mit einem Achtsitzer-Van nebst Fahrer abgeholt und nachts wieder zurückgebracht werden, sodass uns und den Instrumenten maximal sieben Plätze plus Kofferraum zur Verfügung standen.

Bisher hatte das locker für die fünf Mitglieder, Maggie und die Instrumente gereicht. Das Schlagzeug war teils im Kofferraum und teils auf dem freien Sitzplatz untergebracht worden, und das Bühnenequipment war vor Ort vorhanden. Doch inzwischen war der Kreis der interessierten Personen stark angewachsen, was mir bewusst wurde, als mich Sarah über eine Woche früher mit Tränen in den Augen fragte, ob ich ihr meinen Platz im Van abtreten könne. Mein dummes Gesicht war locker fünf Pfund wert, denn ich war ohnehin davon ausgegangen, dass ich gar nicht dort mitfahren würde. Sarah sollte schließlich bei einem Song auftreten, und Maggie hatte eindeutig die älteren Rechte.

»Ich sage mal prophylaktisch: Fresse halten!«, begann Sean die Besprechung am Donnerstagabend nach dem gemeinsamen Essen, an dem auch Andy teilgenommen hatte.

Der bot daraufhin natürlich sofort an: »Wenn ihr etwas zu diskutieren habt, lese ich ein bisschen in James' Zimmer.«

»Fresse halten und hiergeblieben«, meinte Sean freundlich lächelnd. »Das, was wir jetzt zu besprechen haben, betrifft Bandmitglieder, Groupies und sonstige Schlachtenbummler.«

»Andy hat kein Problem damit, mit Lou zu den Groupies gezählt zu werden«, erklärte James.

»Lou gehört zur Band«, stellte Socks klar.

»Blödsinn! Das war doch damals nur Spaß!«, widersprach ich.

»Fresse. Verdammt nochmal«, sagte Sean ganz freundlich, schlug sein Notizbuch auf und blickte aus unerfindlichen Gründen erwartungsvoll in die Runde. Vermisste er plötzlich unsere Zwischenrufe? Hatte er mit Maggie eine Wette laufen, wie oft er uns zur Ordnung rufen musste, und hatte uns überschätzt?

»Es ist ganz einfach: Der Van reicht nicht aus«, stellte er nach kurzer Pause lapidar fest. »Wir müssen entweder die Bassdrum und Lou aufs Dach schnallen, oder einen zweiten fahrbaren Untersatz organisieren. Deshalb meine Frage an Andy: Willst du dir diese sagenhafte, legendäre, unvergessliche Unternehmung wirklich entgehen lassen, oder fährst du hin? Und hättest du dann zufällig noch Plätze frei? Womit auch die Frage geklärt ist, warum du nicht da hinten im Zimmer lesen darfst.«

»Och! Ich dachte, ich kann bei euch mitfahren«, neckte er uns. »Nein, Quatsch, klar fahre ich hin, aber leider erst nachmittags. Mir ist neun definitiv zu früh, weil ich Termine habe. Ich kann also Lou und Maggie mitnehmen.«

»Herzlichen Dank, Andy!« Ich freute mich sehr über sein Angebot.

»Vielen Dank!«, sagte Maggie. »Nachmittags ist mir das sogar lieber. Dann kann ich morgens noch was erledigen.«

»Und da stürzt unserem Banjospieler das Gesicht ab und durchbricht krachend den Fußboden«, kommentierte Socks. »Wir brauchen Lou definitiv früher. Ich glaube, wenn wir unserem Klammeraffen stattdessen ein Teddybärchen in den Arm drücken, merkt er den Unterschied spätestens nach zehn Minuten. Zum Beispiel, weil Plüsch zum Vorschein kommt, wenn er ihm die Hose runterzieht. Und den Rest des Tages ist er dann völlig von der Rolle. Können wir nicht riskieren! Lou gehört bei Auftritten genauso zum Bandequipment wie ihr Föhn.«

Darrel ergriff unter dem Tisch meine Hand, schwieg jedoch. Wartete er wieder einmal geduldig ab?

»James braucht seine Bassdrum aber auch früher«, wandte ich ein. »Die können wir nicht an meiner Stelle bei Andy auf den Rücksitz packen. Ich kann locker mit der Bahn fahren.« Darrels Händedruck wurde stärker. Wenn er mich bis Samstagmorgen so festhalten wollte, würde ich meinen Zug verpassen.

»Kein Problem. Ich kann mit dem Zug fahren«, widersprach Sarah und blickte traurig auf ihre Hände, die sie vor ihrem Bauch wie zum Gebet gefaltet hatte.

»Du bist schwanger. Du drückst dich nicht allein an Bahnhöfen herum!« Dylan sah mich aus mir unerfindlichen Gründen wütend an. Erwartete er, dass ich als Buße zu Fuß ging? Mehr als mit dem

Zug fahren konnte ich nun wirklich nicht, obwohl ich die Beschützerinstinkte des werdenden Vaters zu würdigen wusste. Leider schlossen sie nicht den Versuch ein, Sarah von der Bühne fernzuhalten. Die beiden waren mir noch immer ein Rätsel.

»Meine Bassdrum ist hochschwanger«, erklärte James grinsend. »Sonst würde sie allein mit der Bahn fahren.«

»Lou drückt sich auch nicht allein an Bahnhöfen herum«, flüsterte Darrel. »Ich fahre mit ihr zusammen Zug.«

»Was soll jetzt dein dramatischer Auftritt als Ritter in glänzender Rüstung?« Dylan schien richtig wütend zu werden. »Lou hat es Sarah längst versprochen. Und als Lou allein mit dem Zug nach Newcastle fuhr, hattest du auch nichts einzuwenden.«

»Weil er gar nichts davon wusste!« Socks legte Dylan die Hand auf die Schulter, doch es wirkte fast so, als packte er ihn. »Außerdem war das am helllichten Tag und nicht mitten in der Nacht.«

»Neun Uhr morgens mag für dich noch Nacht sein, aber für andere…«, wandte Dylan ein.

»Ich spreche von der Rückfahrt. Wir können Lou schlecht für immer in Basingstoke lassen, sonst haben wir ab sofort keinen Banjospieler mehr. Und was soll Lou Sarah versprochen haben?« Socks runzelte die Stirn.

»Nichts. Sie bat mich lediglich, ihr meinen Platz im Van abzutreten, aber da ich keinen Platz im Van besitze …«, fing ich an und erschrak, als ich den wütenden Blick sah, den Socks Dylan zuwarf. Was war heute nur los mit den beiden?

»Ihr kennt die Hausordnung: Keine Messerstechereien am Esstisch!« Sean lächelte beschwichti-
gend.

»Ich will kein Spielverderber sein, aber ich verstehe die Diskussion nicht«, schaltete sich Maggie
ein. »Sarah und ich fahren bei Andy mit. Oder
braucht ihr sie wegen des einen Lieds so dringend
für den Soundcheck am Vormittag?«

»Natürlich!«, meinte Dylan. »Sie gehört ebenfalls zur Band. Wenn auch nur an dem Abend.«

»Nein«, sagte Sean ganz ruhig. Und damit war
offensichtlich alles entschieden.

Socks lächelte, und Dylan sank richtiggehend in
sich zusammen und blickte wütend vor sich auf
den Tisch. War das dieses berüchtigte Machtwort,
von dem ich schon so viel gehört hatte?

»Ich möchte nicht, dass wir uns wegen solch einer Lappalie streiten«, stellte Darrel klar. »Lou und
ich können mit dem Zug nach Basingstoke und
nachts mit Andy nach Hause fahren.«

»Stimmt. Ich fahre dort zur selben Zeit ab wie
ihr. Niemand zwingt uns, die Aufteilung der Hin-
fahrt beizubehalten«, meinte Andy.

»Nein, es reicht jetzt«, sagte Sean ganz ruhig.
»Mir reicht es jetzt jedenfalls. Das hat mit Logik
nichts mehr zu tun, sondern das sind Machtspiel-
chen. Es geht nicht darum, wessen Partnerin wichtiger ist, sondern was die praktischste Lösung ist.
Wir haben zwei Autos. Da brauchen wir keine
Fahrkarten zu kaufen oder Gil nach Basingstoke zu
jagen, was für mich die logischere Alternative
wäre. Und wenn Socks tatsächlich der Ansicht ist,
dass unsere Band sechs Mitglieder hat und nur mit

Lou reibungslos funktioniert, dann ist das so. Es ist seine Band. Ohne ihn wären wir nichts. Oder zumindest nur eine Coverband für schottische Traditionals. Schlimm genug, dass ich das sagen muss. Es sollte allen klar sein.«

»Gil hat ohnehin nicht mehr so viel Zeit, seit er mit Arthur's Wharf probt«, meinte Andy. »Er soll im Herbst Tom ersetzen.«

Wir blickten ihn überrascht an.

»Ich dachte, das sei deine Band«, flüsterte Sarah.

»Meine?«, fragte Sean. »Nein, ich spiele nur Bassgitarre, manage alles, wenn es überhaupt mal was zu managen gibt, und reiße in Besprechungen das Maul am weitesten auf.« Sean sah sie erstaunt an, und sie schwieg.

»Das ist auch nicht meine Band«, sagte Socks leise. »Wenn sie überhaupt jemandem gehört, dann Darrel. Ohne ihn wäre ich nichts.«

»Mir? Warum mir?«, fragte Darrel entgeistert.

»Na, wenn keiner die Band will, dann nehme ich sie, bevor sie weggeworfen wird.« James grinste. »Was meint ihr, was die einbringt, wenn ich sie auf eBay versteigere?«

»Was haltet ihr davon, wenn wir auslosen, wer von uns beiden im Van mitfährt?«, schlug ich vor.

»Nein, lass mal. Es war dumm von mir«, gestand Dylan und lächelte mich freundlich an. »War nicht so gemeint, Darrel. Sorry. Wir brauchen Sarah wirklich nicht für den Soundcheck. Das kann Lou machen. Ihre Stimme klingt ähnlich.«

»Ihr braucht Lou auch nicht, aber ich brauche sie«, meinte Darrel leise. »Deshalb lass uns losen.«

»Du hast es anscheinend nicht verstanden. Socks hat entschieden, was Sache ist, und dabei bleibt es«, antwortete Dylan. Es klang nicht trotzig, sondern er wirkte auf mich fast erleichtert. »Für Sarah ist es vielleicht gar nicht schlecht, wenn sie sich hier noch etwas ausruhen kann. Wir müssen uns dort stundenlang herumdrücken, weil wir vormittags aufbauen, bevor die Gäste mittags zum Sektempfang kommen.«

»Kein Problem«, sagte Sarah und lächelte.

Worüber hatten sich Socks und Dylan überhaupt gestritten?

»Ich weiß es nicht«, antwortete Darrel, als ich ihn abends im Bett fragte. »Mir hätte es nichts ausgemacht, mit dir Zug zu fahren. Mir ist nur wichtig, bei dir zu sein. Aber sowohl Socks als auch Dylan schien es in dem Moment ums Prinzip zu gehen. Da mische ich mich nicht ein. Wenn Socks meint, eine Grenze ziehen zu müssen, wird er einen Grund haben. Wenn Sean ihn dabei unterstützt, werden beide einen Grund haben.«

»Warum singt Sarah diesen Song mit Socks?« Ich verstand es noch immer nicht.

»Aus demselben Grund, warum sie bei den Aufnahmen Tin Whistle spielte: Weil sie das offenbar möchte.«

»Sie? Sie ist doch so zurückhaltend! Ich dachte, das war alles Seans Idee. Es war ja auch nicht meine Idee, bei den Aufnahmen zu singen.«

»Sie dachte, das sei Seans Band. Da hat sie sich gründlich verrechnet. Bei dem Thema ist er sehr empfindlich. Wir stimmen sonst immer über jeden Dreck demokratisch ab. Nur diesmal nicht.«

»Du glaubst tatsächlich, das geht alles von ihr aus?«

»Ich weiß es nicht. Sie ist mir noch immer fremd. Niemand muss permanent herumlabern, aber wenn man gar nichts sagt, bleibt man eben auch ausgeschlossen. Ich kenne jedenfalls Sean. Und der würde niemals auf die Idee kommen, eine schüchterne, zurückhaltende, schwangere Frau zu einem Auftritt zu überreden. Dich lässt er auch in Frieden, weil er weiß, dass es dich unglücklich machen würde. Aber ihr aus Mitgefühl einen Wunsch zu erfüllen, passt wiederum sehr gut zu ihm.«

»Wahrscheinlich ist es für eine ganze Weile ihre letzte Chance, einmal zusammen mit Dylan im Rampenlicht zu stehen«, sagte ich, nachdem ich darüber nachgedacht hatte. »Das gemeinsame Erlebnis schweißt die beiden vielleicht zusammen. Oder so ähnlich. Ich kenne mich mit solchen Gedankenwelten nicht aus. Gegen Ende der Schwangerschaft und mit dem Kind kann sie das jedenfalls für eine ganze Weile vergessen. Vielleicht ist es Torschlusspanik.« Ich kuschelte mich an ihn. Mich hätten keine zehn Pferde auf die Bühne gebracht.

»Die berüchtigten fünfzehn Minuten Ruhm? Hoffentlich weiß sie, was sie tut. Für mich ist es eine lästige Pflicht.« Darrel löschte das Licht. »Eine extrem lästige.«

»Dylan liebt es auch.«

»Vielleicht hast du recht, und die beiden sind anders drauf als du und ich. Mir würde es völlig reichen, mehrere Wochen im Tonstudio zu verbringen und das Ergebnis ohne mein weiteres Zutun auf die Menschheit loszulassen: Friss oder stirb! Für die Auftritte und Fototermine würde ich einen Schauspieler engagieren, der mich darstellt, während ich mir mit dir eine schöne Zeit mache und anschließend neue Lieder darüber schreibe, damit alles wieder von vorn losgehen kann. Gute Nacht, mein Lieblingsgroupie!«

»Gute Nacht, mein Lieblingsbanjospieler!«

»Keine Beleidigungen«, flüsterte er und lachte leise.

»Okay. Du hast aber angefangen«, flüstert ich zurück und küsste ihn. »Bist du müde?«

»Nein. Du?«

»Nein.«

Darrel knipste das Licht wieder an und schenkte mir sein Verstandkillerlächeln.

Der Fahrer hieß Fred, war ein ehemaliger Klassenkamerad von Bertie und lebte in Hackney. Er mietete jedes Jahr im Auftrag von Bertie einen Van, um die *Londoner Band*, wie er sie nannte, nach Basingstoke und zurück zu fahren und dazwischen einen Fahrdienst für Berties Gäste zu betreiben. Dabei wurde er nicht nur von Bertie bezahlt, sondern auch von den Passagieren großzügig bedacht. Das und viel mehr erzählte er während der Fahrt.

Dass der überwiegende Teil seiner aktuellen Fahrgäste vieles bereits aus eigener Erfahrung wusste, schien ihn überhaupt nicht zu stören. Er betonte nur immer wieder, wie genial dieses Arrangement war, weil ein Fahrer aus Basingstoke,

im Gegensatz zu ihm, dort wesentlich früher losfahren müsste, wesentlich später als er wieder zu
Hause wäre und mehr Benzin bräuchte. Kurz vor
unserer Ankunft kannte ich das Sprüchlein aus-
wendig und hatte große Sehnsucht nach Gil.

Dass Bertie seinen vierzigsten Geburtstag bereits seit vielen Jahren feierte, war ihm anzusehen.
Ich schätzte ihn grob auf Ende fünfzig. Doch er war
fröhlich und quirlig und schien im Geiste tatsächlich jung geblieben zu sein. Daher wirkte die Sache
gleich viel weniger lächerlich. Letztendlich hätte er
auch locker seinen zwanzigsten Geburtstag feiern
können. Er ließ es sich nicht nehmen, uns persönlich zu begrüßen, als wir aus dem Van ausstiegen,
und erinnerte sich sogar an die Namen der anderen. Darrel stellt mich ihm vor.

»Lou? Du bist also die, die mit Darrel auf der CD
singt?«

Ich war ganz verdattert und brachte nur ein
»Ja.« heraus. Er schien über alles bestens informiert
zu sein.

»Schön, dich kennenzulernen, Lou. Ein toller
Song! Was ist mit Sarah?«

»Die kommt später mit Maggie und James'
Freund Andy«, erklärte Sean.

Bertie gab Sean einen Schlüssel. »Ihr kennt euch
aus. Wenn ihr Fragen habt, wendet euch an mich
oder Oliver. Das ist mein neuer Partyplaner. Der
schwirrt hier irgendwo herum. Dunkle Haare,
dunkler Anzug und olivgrüne Krawatte.«

»Oh? Was ist mit John?«, fragte Socks.

»Der ist seit März im wohlverdienten Ruhestand. Ja, wir werden alle nicht jünger! Ich verrate

auch lieber nicht, der wievielte vierzigste Geburtstag das hier ist.« Bertie lachte. »Baut in Ruhe auf, fühlt euch wie zu Hause. Stimmt euch mit Kenneth wegen der Zeiten ab. Der spielt zum Tanztee ab vier Uhr auf dem Keyboard und legt später nur zur Überbrückung Musik auf. Das erscheint mir die bessere Lösung zu sein nach dem Desaster mit dem neuen DJ letztes Jahr!« Er verdrehte die Augen.

Die anderen lachten, und Socks weihte mich ein: »Bei dem hätte man sich jeden aktuellen Top 100 Hit wünschen können. Das hatte der alles dabei. Aber etwas, auf das man Walzer, Foxtrott oder Ähnliches tanzen könnte, suchte man vergeblich in seiner Sammlung.«

»Dabei habe ich ihm bei der Buchung klipp und klar gesagt, dass nachmittags die Älteren tanzen wollen. Wahrscheinlich dachte er, damit meine ich Leute um die vierzig. Das mit meinem vierzigsten Geburtstag hat er nämlich auch nicht geschnallt. Aber euer Dylan hat mich gerettet!« Bertie schlug dem kräftig auf die Schulter. »Mozart kommt immer gut an. Und ich hatte Zeit, nach Hause zu düsen und ein paar CDs zu holen.«

»Ja, ich glaube, wir sind die einzige Band in London und Umgebung, die unaufgefordert einen Stehgeiger mitbringt«, meinte James.

»Und Tänzer!« Bertie zwinkerte und deutete auf die Kleidersäcke, die Sean gerade aus dem Kofferraum holte. »Ich sehe, ihr habt wieder Anzüge dabei.«

»Gehört zum vollen Service!« Socks grinste.

»Ihr wisst, wie man sich unentbehrlich macht. – Okay! Ich muss los! Ihr habt meine Nummer. Wenn es Probleme gibt, ruft mich an.«

»Das Catering wird von Jahr zu Jahr besser!«, kommentierte Socks die Sektkisten, die in einer Ecke des Backstageraums fein säuberlich gestapelt standen.

»Der Partyplaner ist entweder neu im Geschäft, oder unser guter Ruf eilt uns voraus. Nicht jede Band würde die Finger davon lassen. Trotzdem sollte er das Zeug besser kaltstellen.« Darrel schüttelte den Kopf.

Wir ließen die Bühnenoutfits dort und schlossen ab. Die anderen bauten im großen Saal bereits das Schlagzeug auf und machten sich mit der vorhandenen Tontechnik vertraut. Socks und Darrel gingen ebenfalls auf die Bühne. Ich drückte mich neben einem Durchgang herum, der zum Küchentrakt führte, und beobachtete sie vom anderen Ende des Saals aus. Ich mochte diese Perspektive gern, da die Wirkung viel eindrucksvoller war, als wenn man direkt vor der Bühne oder seitlich am Bühneneingang stand.

Plötzlich wurde ich lautstark angeschnauzt: »Was stehst du hier so herum? Statt junge Männer anzugaffen, kannst du draußen beim Ausladen helfen! Und was hast du überhaupt an? Ein schwarzes Kleid hatten wir vereinbart!«

Ich zuckte zusammen und schaute den Mann mit der olivgrünen Krawatte völlig entgeistert an. »Entschuldigen Sie, Sir, aber ich verstehe nicht, was Sie meinen.«

»Hast du dich schon bei Beth gemeldet?«, brüllte er, obwohl ich direkt vor ihm stand.

»Nein.«

»Dann aber schnell! Die weist dir Arbeit zu und gibt dir eine weiße Schürze. Vielleicht hat sie auch ein Kleid für dich. Das sind wir ja inzwischen gewöhnt, dass die Aushilfen am Telefon lieber Schafe zählen, statt ordentlich zuzuhören und mitzuschreiben.«

»Ich bin keine Aushilfe, sondern nur die Frau eines Bandmitglieds.«

»Warum sagst du das nicht gleich? Und was hängst du dann hier herum? Geh auf die Bühne, wo du hingehörst!« Er ließ mich stehen und stapfte mit hochrotem Kopf davon.

Das war offensichtlich Oliver. Und so, wie ich Bertie einschätzte, war das die erste und letzte vierzigste Geburtstagsparty, die Oliver für ihn planen durfte.

»Und hier noch eine wichtige Durchsage in eigener Sache: Die am falschen Ort im falschen Outfit herumhängende Lady bitte auf die Bühne, wo sie angeblich hingehört«, erklang Socks' Stimme aus den Lautsprechern.

Der Soundcheck war an der Reihe. Denn im Gegensatz zu Oliver brauchte die Band Mikrofone.

Als ich auf die Bühne stieg, war gerade eine Diskussion im Gange, und ich hatte kurz Angst, dass der Streit zwischen Socks und Dylan wieder aufgeflammt war, aber es handelte sich nur um das übliche Geplänkel.

»Ich teile mir definitiv nicht mit Sarah ein Mikro«, raunte Socks. »Am Ende singen wir noch Wange an Wange, mein Kopf explodiert, und die Hirnmasse fliegt ins Publikum.«

»Na und? Da fliegt nicht viel bei dir. Das ist höchstens ein kleiner, erfrischender Sprühnebel, der kaum auffällt«, wisperte James.

»Das ist aber ein Duett. Du kannst ihr das Mikro nicht in irgendeine Ecke stellen wie bei einer Background-Sängerin«, antwortete Dylan leise.

»Wir können für sie auch keinen Mikrofonständer mitten auf der Bühne vorsehen, weil dann den ganzen Abend über eine Lücke klafft«, wandte Sean leise ein.

»Aber wenn sie direkt neben mir steht, glauben die Leute am Ende noch, ihr Bauch sei meine Schuld«, raunte Socks.

»Ist doch egal, was die Leute glauben«, gab Dylan zurück.

»Ich habe aber einen Ruf als wichtige Stütze der Kondomindustrie zu verlieren. Wenn sich das herumspricht, entziehen sie mir die goldene Kundenkarte.«

»Warum nutzt Sarah nicht einfach Dylans Mikrofonständer?«, schlug Sean leise vor. »Dann steht ihr beide mit etwas Abstand in der Mitte und Dylan turnt ja doch irgendwo durch die Bühnenkarpaten, weil er bei dem Song nur geigt und nicht singt. Da reicht der Tonabnehmer.«

»Geigt. Ich geige dir gleich die Meinung, du Zupfer.« Dylan kicherte.

»Du kannst ja immer mal wieder zwischen Sarah und mir fiedeln. Dann stimmt auch die spontane optische Zuordnung«, schlug Socks vor.

»Nach dem Song schlabberst du sie genüsslich und fürs Publikum sichtbar ab, und selbst die fehlsichtigste Omi in der hintersten Ecke schnallt dann, dass du zu blöd zum Verhüten bist und nicht Socks«, meinte James.

»Ja, klar, wer den Schaden hat, spottet jeder Beschreibung.« Dylan lachte. »Was weißt du schon über Verhütung?«

»Eine ganze Menge. Andy und ich nehmen beide die Pille und ziehen uns vor dem Küssen Kondome über die Köpfe.«

Darrel umarmte mich und flüsterte mir ins Ohr: »Sarah kann gern den ganzen Abend mein Mikro haben und meine Banjo-Parts auf der Tin Whistle spielen. Du und ich setzen uns im Park auf eine Bank und sehen uns den Sonnenuntergang an.«

Ich küsste ihn. Die Vorstellung hatte etwas Verlockendes.

Nach dem Soundcheck gingen wir ein wenig spazieren, weil unsere Lunchpakete noch nicht fertig waren. Es war herrliches Wetter, und wir beschlossen, später ein Picknick zu machen, sofern wir tatsächlich etwas zu essen bekommen sollten. Unsere einzige Hoffnung war Socks, der mit Beth, der Küchenchefin, gesprochen hatte. Darrel konnten sie nicht vorschicken. Ihm fehlten dazu heute die Nerven.

Doch wir kamen nicht weit. Bereits nach drei Querstraßen klingelte Seans Telefon. »Auf Socks'

Charme ist eben Verlass!«, meinte Sean grinsend, als er es aus der Tasche zog. »Mackay.«

»Wenn das unsere Lunchpakete sind, hat die Frau sie entweder im Müll entdeckt oder einen neuen Rekord im Sandwich-Schmieren aufgestellt«, flüsterte James.

»Wir kommen, so schnell wir können.« Sean steckte das Telefon ein und lachte. »Das war Beth. Oliver springt im Achteck, weil der Sekt nicht nur warm, sondern auch von uns in der Künstlergarderobe eingeschlossen ist. Offensichtlich hat dort momentan keiner einen zweiten Schlüssel.«

»Sollen sie Tee trinken. Das kommt immer mehr in Mode, habe ich den Eindruck, wenn ich mich abends in meinem neuen Wohnzimmer so umsehe«, meinte Socks. »Ich laufe schnell zurück und schließe auf. Ihr könnt euch Zeit lassen.«

Als wir anderen ankamen, hörten wir bereits auf dem Hof Olivers Stimme, die sich geradezu überschlug. Doch dann herrschte abrupt Stille.

»Jetzt hat ihn endlich der Schlag getroffen«, konstatierte James.

»Ein Schlag von Socks oder ein Schlaganfall?«, fragte Darrel.

»In der Reihenfolge«, meinte Dylan.

»Schauen wir mal, ob wir erste Hilfe leisten können«, schlug Sean zwinkernd vor.

»Oder vielleicht braucht Socks von uns ein falsches Alibi«, flüsterte ich.

Doch da kam er uns breit grinsend entgegen. »Bertie erklärt ihm gerade, dass unsere Garderobe kein Lagerraum ist und wie lange Sekt vor einem

Empfang gekühlt werden muss. Es ist herrlich, wenn man in seinem Beruf täglich dazulernt.«

»Hat er dich so angeschrien?«, fragte ich mitfühlend.

»Ja. Erst hat er geschrien, weil wir die Tür abgeschlossen hatten. Und dann hat er geschrien, weil ich sie anschließend wieder abschließen wollte. Der will den Sekt für heute Abend allen Ernstes weiterhin dort aufbewahren. Gut, meine Behauptung, Dylans Geige sei eine echte Stradivari, war vielleicht ein wenig zu dick aufgetragen, aber andererseits beschäftigt er offensichtlich Leute, die er nicht einmal persönlich kennt. Da kommt tatsächlich schnell mal was weg. Dadurch kann jeder Fremde ein- und ausgehen. Er muss nur ein schwarzes Kleid und einen Pappkarton vor dem Bauch tragen. Leer rein und voll wieder raus.«

»Womit geklärt wäre, wohin unsere Lunchpakete verschwunden sind«, meinte James.

»Mit John wäre das nicht passiert. Der hat nicht gebrüllt, sondern gearbeitet, und er hatte seinen Laden im Griff.« Sean schmunzelte.

Bertie kam heraus, gab Socks den Schlüssel und blickte uns verlegen an. »Ich habe wieder abgeschlossen. Am liebsten würde ich den Kerl auf der Stelle feuern, aber dann wird das Chaos noch größer. Ist wenigstens bei euch alles okay?«

»Wir sind hungrig, aber glücklich!« Socks grinste vielsagend.

»Die geben euch nichts?« Bertie seufzte. »Ich frage mal nach. Sonst wäre die Straße runter links ein Imbiss, und ihr bringt mir anschließend die

Rechnung. Augenblick …« Er verschwand in Richtung Küchentrakt, und wir betrachteten gedankenverloren das Hinterhofambiente, während Darrel die Tasche mit unseren Büchern, seinem Badetuch und Seans Picknickdecke holte.

Eine junge Frau brachte uns zwei Papiertüten mit Essenspäckchen und eine Plastiktüte mit Getränken.

Socks griff an die Flaschen. »Kalt!«, konstatierte er. »Geht also doch! Wahrscheinlich werden die Gäste absichtlich mit warmem Sekt empfangen, falls sie nach der langen Anfahrt durch die winterliche Millionenstadt Basingstoke durchgefroren sind.«

Wir lachten und machten uns auf den Weg zu einem Park, in dem wir uns die Zeit vertreiben wollten.

Darrel legte sein überdimensionales Badetuch in den Schatten eines Ahorns und lud Socks ein, sich zu uns zu setzen, als der den wolkenlosen Himmel kritisch beäugte. Sean, Dylan und James bevorzugten die warme Junisonne, verzogen sich jedoch bald unter einen anderen Baum. Der strahlende Sonnenschein war wohl wirklich nur etwas für hartgesottene Sonnenanbeter oder Lichtschutzfaktor 50+.

Die Sandwiches waren einfach, aber gut. Beth hatte für uns auch ein wenig Obst einpacken lassen. Socks zuckte richtiggehend zusammen, als ich ihm eine Banane anbot. Offensichtlich empfand er eine starke Abneigung gegen diese Obstsorte und mochte lieber einen der Äpfel. Ich hatte ebenfalls einen, fand ihn jedoch fade und wässrig. Darrel und ich teilten uns eine Banane, die wirklich gut war. Er hatte nur wenig gegessen und wollte erst keine, aber als ich sie ihm ständig beim Lesen vor die Nase hielt, biss er doch ab und zu ein Stück ab. Ich kam mir schon vor wie Maggie und merkte mir den Trick fürs Abendessen.

Ich packte alle Reste in eine Tasche, warf den Müll in einen Abfallbehälter in der Nähe, und legte mich mit meinem Buch zu Darrel auf das Badetuch. Socks ging ein wenig spazieren.

9. Tanz und Kuchen

Als Socks außer Hörweite war, suchte er Tamsins Nummer heraus und rief sie an. Sie hatten einander wegen der vielen Proben diese Woche nur am Mittwochabend gesehen. Sie wusste zwar, dass er momentan sehr beschäftigt war, aber er hatte ihr keinen konkreten Grund genannt. Sie hatte auch nicht gefragt. Das war sein Problem: Er war nie sicher, ob sie sich nicht dafür interessierte oder ihn nicht mit Fragen belästigen wollte. Es half nichts, sich in geheimnisvolle Andeutungen zu hüllen. Sie lächelte dann lediglich amüsiert und wechselte das Thema.

»Hi, Sam!«

»Hi! Ich möchte nur mal ausprobieren, ob man von hier nach Islington telefonieren kann.«

»Und? Ist die Verbindung zu deiner Zufriedenheit?«

»Funktioniert hervorragend!«

»Wie kommst du darauf, dass ich in Islington bin?«

Socks wurde verlegen und versuchte, es sich nicht anmerken zu lassen. »Deine Stimme klingt nach Islington. Täusche ich mich etwa?«

»Nein.« Tamsin lachte. »Du bist eben ein richtiger Experte für Sicherheitsüberprüfungen bei Telefonverbindungen. Stan Hardy war ein Anfänger im Vergleich zu dir.«

»Sag ich doch, dass ich das hören kann.«

»Möchtest du vor Ort testen, wie meine Stimme in Islington klingt?«, flüsterte Tamsin.

Socks schloss die Augen. »Liebend gern, aber heute bin ich mit Freunden in Basingstoke.«

»Was macht ihr denn da?« Sie lachte. »Ist da was Tolles, das ich verpasse?«

»Nein, du verpasst absolut nichts. Im Gegenteil: Da herrscht unseretwegen fürchterlicher Lärm heute Abend.«

»Reicht es euch nicht, Londoner Pubgäste in Angst und Schrecken zu versetzen? Müsst ihr jetzt schon expandieren?«

»Wir streben wie alle Spinner die Weltherrschaft an.«

»Und damit beginnt ihr in Basingstoke?«

»Das passt sehr gut, weil ich dort heute zufällig ein neues Forschungsprojekt gestartet habe. Ich möchte testen, ob man von Basingstoke aus einen ganzen Tag lang an eine Frau in Islington denken kann. Ich bin zuversichtlich, denn bis jetzt klappt es ausgezeichnet.«

»Wenn es Probleme gibt, kannst du morgen auch von Islington aus an eine Frau in Islington denken. Das müsste störungsfrei funktionieren.«

»Okay. Das mache ich sofort, nachdem ich getestet habe, ob man von Camden nach Islington telefonieren kann.«

Tamsin lachte. »Sam?«

»Ja?«

»Ich wünsche euch einen wunderschönen Abend!«

»Danke. Den wünschen wir uns auch.«

Nachdem er sich verabschiedet hatte, steckte Socks das Telefon weg und ging zurück zu den anderen, um sich zu Darrel und Lou auf das Badetuch zu quetschen und ein wenig zu lesen. Zum Glück brauchten die beiden kaum Platz, weil Darrel Lou in Löffelstellung fest umschlungen hielt und sein Gesicht in ihrem Haar vergrub, während sie seelenruhig ihren dicken *Dickens* weiterlas.

***

Zehn vor vier verließen uns Socks, Dylan und James, um sich beim Tanztee Trinkgelder zu verdienen, und Sean zog mit seiner Decke zu uns um. Ich hatte das Tanzen erst für einen Scherz von Bertie gehalten, aber es hatte anscheinend eine ebenso lange Tradition wie ihre Auftritte. Die ganze Unternehmung schien erstaunlich lukrativ zu sein, da die Band als Hauptgruppe auch eine Sammelbox für Trinkgelder aufstellen durfte, auf die hingewiesen wurde, sobald ihnen jemand Drinks spendieren wollte. Bertie hatte das offenbar bereits vor ihrer Zeit eingeführt, um bei anderen Bands die Arbeitsfähigkeit bis zum Ende des Abends zu erhalten.

»Und du gehst nicht tanzen?«, fragte ich Darrel, als sie weg waren.

»Machst du Witze?«

»Ich möchte nur nicht, dass du dich das meinetwegen nicht mehr traust.«

»Das ist nichts für meine Nerven so kurz vor einem Auftritt. Wenn ich mich an denen so festkralle wie an dir, geben mir die Ehemänner kein Trinkgeld, sondern ein paar aufs Maul.«

»Die Ehemänner geben das Trinkgeld?«

»Ja, bei den verheirateten Frauen. Die Gentlemen sind froh, wenn sie dann selbst nicht so oft tanzen müssen. Manche können auch nicht mehr. Wir sprechen beim Tanztee von einer Ü70-Veranstaltung.«

»Bin ich irre oder die?«

»Darf ich bei der Frage meinen 50:50-Joker einlösen?«

»Also die Männer bezahlen die Tänzer dafür, dass diese ihnen die tanzwütigen Ehefrauen vom Hals halten?«

»Du darfst ruhig das Wort *Gigolo* verwenden, denn ursprünglich hatte es tatsächlich diese Bedeutung.« Darrel lächelte.

»Und wessen Idee war das?«

Sean schaltete sich grinsend in die Unterhaltung ein. »Dreimal darfst du raten!«

Ich lachte.

»Ja, der gute Socks hatte aber gar keine Gewinnerzielungsabsichten, als er aus einer Laune heraus eine ältere Dame aufforderte«, stellte Sean schmunzelnd klar. »Sie saß allein am Tisch, während die anderen tanzten. Und wir schauten eigentlich nur mal kurz vorbei, wie die Stimmung so ist. Es war unser erster Auftritt bei Bertie.«

»Das war aber sehr nett von Socks«, meinte ich gerührt.

»Entweder hatte er ein Riesenpech, oder der DJ machte sich absichtlich einen Spaß mit ihm. Jedenfalls war danach Damenwahl, und er hatte die nächste Omi im Arm. Er trug es mit Fassung. Wahrscheinlich war ihm ab dem Punkt alles egal, oder er hatte bereits sein erstes Trinkgeld. Er machte einfach weiter. Du kannst dir vorstellen, was ihn backstage erwartete, als wir uns auf den Auftritt vorbereiteten. Aber dann zeigte er uns die Scheine, die sie ihm zugesteckt hatten, und plötzlich war Ruhe – und ein paar Tage später im zweiten Stock Tanzstunde angesagt.«

»Ihr habt bei Socks tanzen gelernt?«

»Die, nicht ich.« Sean lachte. »Ich tanze entweder Freistil oder gar nicht.«

»Sean, du altes Plappermaul!« Darrel küsste mich in den Nacken. »Ich konnte aber schon vorher tanzen. Bei Socks lernte ich bloß ein paar Tricks. Wenn du jetzt nachhakst, puste ich dir ins Ohr!«, drohte er mir.

»Aber die anderen lernten bei Socks Gesellschaftstänze?«, fragte ich Sean ungläubig.

»Ja«, bestätigte er lachend. »Vor Berties nächstem Vierzigsten fanden nicht nur Bandproben, sondern auch ein Auffrischungstanzkurs in der obersten Wohnung statt. Maggie und ich konnten das von unten hören, wenn mal wieder einer hinfiel. Da wir damals nur Vorgruppe waren, verdienten die beim Tanzen zusammen mehr als doppelt so viel wie die ganze Band beim Spielen.«

»Und hattet ihr da Frauen zum Üben eingeladen, oder wie muss ich mir das vorstellen? Es hat ja wohl keiner die Dame gespielt!«

»Solche Fragen werden mit einer Kitzelstrafe nicht unter drei Minuten bestraft«, flüsterte mir Darrel ins Ohr. Doch er hätte es besser laut sagen sollen, denn Sean schien davon auszugehen, dass ich eine ehrliche Antwort erhalten hatte.

»Ja, der arme Darrel hat sich schon immer zu viel gefallen lassen von den Chaoten«, meinte Sean und sah ihn mitleidig an.

Sean und ich aßen von den Resten der Lunchpakete. Darrel biss brav von der Banane ab, die ich ihm ab und an unter die Nase hielt, und war inzwischen so nervös, dass er gar nicht merkte, dass er sie in Wirklichkeit allein aß. Da Socks tanzte, konnten wir nicht an unserem endlosen Nonsens-Gedicht weiterschreiben, um Darrel abzulenken. Viel Essen war nicht mehr übrig, aber laut Seans Aussage wurden die Tänzer drinnen mit Kuchen verköstigt. *Armer Socks!*, dachte ich. Denn er mochte keinen. Aber dann fiel mir ein, dass in England auch kleine Sandwiches zur Teestunde gehörten.

Gegen halb sechs klingelte Seans Telefon. Maggie teilte ihm mit, dass sie kurz vor Basingstoke waren. Wir packten alles zusammen und gingen zurück zum Lokal, um im Hof auf Andy zu warten. Sean holte sich von Socks den Schlüssel für ihren Raum und kam grinsend zurück. Ich beschloss, mir selbst ein Bild dieser sagenhaften Unternehmung zu machen, aber da sahen wir Andys Auto, und ich musste den Plan verschieben. Wir Frauen sollten uns zuerst umziehen, weil Maggie Sarah nicht zumuten wollte, sich vor den Männern in Unterwäsche zu zeigen. Ich fand das ein wenig albern, denn wenn sich jeder mit dem Gesicht zur Wand umzog, bekam er von den anderen nichts mit. Und außer-

dem war da nicht mehr zu sehen als am Bade-
strand. Aber andererseits war man während einer
Schwangerschaft vielleicht empfindlicher bei solchen Dingen.

Wir drei Mädels warfen uns in Schale, während
Sean und Darrel draußen warteten und Andy einen
Parkplatz suchte. Da ich mich nie schminkte, war
ich als Erste fertig. Ich trug das schwarze Minikleid, das ich mir für die Hochzeit gekauft hatte
und das sicherlich Olivers Ansprüche an mein Outfit erfüllte. Und eigentlich schlüpfte ich nur hinein,
fuhr mir kurz durch die Haare, zog eine Strumpf-
hose an, wechselte die Schuhe, und das war schon
alles. Maggie, die ein sehr hübsches, dunkelblaues
Kleid trug, half Sarah beim Schminken und Frisie-
ren. Deren weißes Kleid mit den goldenen Paillet-
ten am Ausschnitt saß wesentlich enger als meines,
aber da sie noch jung war, hatte sie trotz Schwangerschaft sehr hübsche Kurven und keinen Grund,
ein Bäuchlein zu verstecken, das sich nicht mehr so
leicht verstecken ließ.

Draußen traf ich Darrel, Sean und Andy.

Darrel umarmte mich, dann wurde er stutzig.
»Ist das dein Hochzeitskleid?«

»Ja.«

»Tolle Idee! Lass uns nach Gretna Green durchbrennen und nochmal heiraten. Scheiß auf den
Gig!«

»Ich würde so gern einen Blick auf die Tänzer
werfen. Ist das okay, wenn ich dich ganz kurz mal
allein lasse?«

»Nein, aber ich komme mit.«

»Du musst nicht mit. Ich bleibe hier. So wichtig ist mir das nicht.«

»Ich muss da nachher ohnehin rein, weil ich nicht ganz richtig im Kopf war, als ich Banjo lernte. Da kann ich dir schlecht so einen winzigen Wunsch abschlagen.«

»Welche Tänzer wollt ihr euch ansehen?«, fragte Andy.

»Oh, jetzt wird es interessant!« Sean lachte. »Also ich sage hier und heute nichts mehr, ohne vorher meinen Anwalt zu konsultieren.«

Darrel schien es auf Anhieb merklich besser zu gehen. Sah ich da ein kleines Teufelchen in seinen Augen tanzen?

»Komm mit! Wir zeigen dir, wen Lou meint!«, schlug er vor.

»Ich warte hier und fange Maggie und Sarah ab«, verkündete Sean schmunzelnd.

Wir betraten das Lokal durch den Hintereingang und stellten uns im Saal neben den Durchgang zum Küchentrakt. Vor uns standen jede Menge Tische, denn die Tanzfläche befand sich am anderen Ende direkt vor der Bühne. Zwischen all den älteren Herrschaften, die im Laufe der Jahrzehnte sicherlich einen kleinen Teil ihrer ursprünglichen Körpergröße eingebüßt hatten, sprangen mir Socks, Dylan und James sofort ins Auge.

»Was machen die da?«, fragte Andy verwundert.

»Wie sollen wir ihm jetzt schonend beibringen, dass er mit einem Gigolo liiert ist?«, überlegte ich laut.

»Wie bitte?«

»So nannte man früher einen jungen Mann, der beruflich mit fremden Frauen tanzte. Die Londoner Gentlemen bekommen hier nämlich Trinkgeld.«

»Ich glaube langsam, ihr macht mich absichtlich regelmäßig fertig.« Andy lachte lautlos in sich hinein, bis er Tränen in den Augen hatte.

»Pass auf! Wenn der Typ am Keyboard Damenwahl ankündigt, müssen wir uns in Sekundenbruchteilen verdrücken«, warnte ihn Darrel. »Dann ist hier keiner mehr sicher!«

Doch Kenneth kündigte eine kleine Pause an und legte eine CD ein. Die drei jungen Tänzer nutzten die Gelegenheit, um sich zurückzuziehen. Wir bekamen in einem Hinterzimmer des Lokals, zu dem der Saal gehörte, ein kleines, einfaches Abendessen. Am Nebentisch saßen ein paar ältere Herren beim Kartenspiel, die unseren Gruß freundlich erwiderten. Ich fand es sehr tröstlich, dass die Gründe für den Frauenüberschuss im Saal nicht ausschließlich Scheidungen und Trauerfälle waren. Aus dem kleinen Gastraum nebenan schallte gedämpftes Lachen zu uns herüber. Dort fand offensichtlich die Kinderbespaßung statt.

Während ich Darrel bei Andy und Dylan zurückließ, um nachzusehen, ob Maggie Sarah inzwischen ausreichend aufgemotzt hatte, holten Socks, James und Sean unser Essen aus der Küche. Sarah war so gut wie fertig und musste nur noch auf die Toilette. Ich sagte ihnen, wo wir waren, und ging wieder zurück, um nach Darrel zu sehen. Dem ging es inzwischen merklich schlechter. Er setzte sich quer auf seinen Stuhl und legte einen Arm auf die

Lehne, sodass ich auf seinem Schoß gerade am Tisch sitzen konnte.

»Endlich können wir beide uns mal auf Augenhöhe unterhalten«, meinte Socks zwinkernd und reichte mir einen Teller. Der Hauptgang und das Dessert kamen in Schüsseln, und jeder konnte sich nehmen, soviel er wollte. Beth, die Küchenchefin, hatte abgewinkt, als Sean das Essen für Maggie, Andy und mich bezahlen wollte, und ihm mehr Teller, Dessertschälchen und Besteck mitgeben lassen, erzählte er. Es war trotzdem reichlich. Für uns und vermutlich auch das Personal gab es hier heute Bratwürste mit Kartoffelpüree und als Dessert eine undefinierbare gelbliche Creme mit kleinen, weißen Häubchen, bei denen es sich eventuell um Sahne handeln konnte.

Darrel und ich teilten uns einen Teller und entschieden uns spontan und einstimmig für Kartoffelpüree ohne Bratwurst. Vom Dessert nahm ich uns danach ein wenig zum Probieren, war aber auch hier mit ihm sofort einer Meinung, dass ein Nachschlag nicht erforderlich war.

»Ist der Pudding eigentlich Pudding oder Tapetenkleister?«, fragte Socks.

»Nein, ein Geheimexperiment, das aus einem Chemielabor ausgebrochen ist.«, schlug Andy vor, als er den kleinen Klecks in seinem Schälchen probierte. »Seht ihr? Es lebt!« Er rüttelte an der Schüssel, sodass der Inhalt erzitterte.

»Was meinen die Experten? Zitrone oder Vanille?«, interviewte uns Dylan und hielt reihum jedem ein imaginäres Mikrofon vor die Nase.

»Das schmeckt zweifellos weder nach Schokolade noch nach Himbeere!«, stellte Sean fest.

»Ein Hauch von naturidentischem Mandarinenaroma …« Socks zog die Stirn grüblerisch in Falten. »… eine leichte Spur von Katzenstreu, garniert mit Rasierschaumhäubchen …«

»Sieht eindeutig eher nach Dessert als nach Rumpsteak aus«, meinte James, der sich nichts davon genommen hatte. »Aber du glaubst doch nicht im Ernst, dass ich das esse, ohne dafür bezahlt zu werden.«

»Du Kapitalist!« Andy lachte und schob sein leeres Schälchen weg. »Nein, danke!«, sagte er höflich zu Socks, der ihm todernst die Schüssel für einen Nachschlag hinhielt.

»Ich will kein Spielverderber sein, aber wenn euch das Essen nicht schmeckt, dann lasst es auf dem Tablett stehen. Man kann euch auf dem Gang hören, und das Personal wird bald vorbeikommen, um im Saal die Tische einzudecken.« Maggie setzte sich neben Sean und bediente sich.

Sarah, die neben Dylan Platz nahm, roch vorsichtig an den Würstchen. Für eine Schwangere war das ungewohnt deftige Essen sicherlich erst recht gewöhnungsbedürftig, aber ich täuschte mich. Sie langte kräftig zu und strahlte, als Socks ihr mit undurchdringlichem Gesicht die Schüssel für einen Nachschlag reichte.

»Wollt ihr nichts mehr?«, fragte sie verwundert.

»Wir sind fertig, weil wir ohne euch angefangen haben, damit der Abstand zum Auftritt nicht zu klein wird«, erklärte ihr Sean freundlich. »Außerdem liegt die letzte Mahlzeit noch nicht sehr lange zurück.«

»Ich will kein Spielverderber sein, aber hast du keine Angst, dass dir nachher schlecht wird?«, fragte Maggie und blickte stirnrunzelnd auf Sarahs Teller.

»Das Baby braucht für das Wachstum sehr viele Proteine«, erklärte uns Sarah und füllte ihr Dessertschälchen bis zum Rand mit dem weißlichen Zeug, das wir anderen beiseitegeschoben hatten, als wir uns vom Dessert genommen hatten.

Die restliche Zeit bis zur ersten Hälfte des Gigs verbrachten die Bandmitglieder, Andy und ich im Backstageraum. Maggie und Sarah gingen in den Waschraum für Damen, um Sarahs Make-up nach dem Essen wieder in Ordnung zu bringen. Andy und ich wollten uns erst auf dem Gang herumdrücken, und ich bat Darrel, uns Bescheid zu sagen, sobald alle umgezogen waren.

Doch Sean meinte: »Bei uns ist noch keiner erblindet. Dreht euch einfach ein bisschen weg, und gut ist.«

»Wenn ihr uns zufällig was wegguckt, macht das auch nichts. Es ist genug da«, protzte James.

Die Wartezeit bis zum Gig vertrieben Socks und ich uns wieder mit unserem Nonsensgedicht, während Darrel, bei dem ich auf dem Schoß saß, zusah und mir ab und an behilflich war.

Unser wirres Werk war inzwischen zu einer stattlichen Größe angeschwollen.

»Wenn das Notizbuch voll ist, veröffentliche ich das Gedicht«, kündigte Socks an. »Zwischen all den miesen Büchern, die jeden Monat erscheinen, wird es überhaupt nicht auffallen. Und falls trotzdem jemand blöde Fragen stellt, mache ich ein hochmütiges Gesicht und nenne es Kunst. Das Gegenteil muss er mir dann erstmal beweisen!«

Während des Gigs saßen Kenneth, Maggie, Sarah, Andy und ich an einem kleinen Tischchen in der Nähe des Durchgangs zum Küchentrakt. Die Band wollte zwischen acht und neun und zwischen halb zehn und halb elf spielen. Eventuelle Zugaben nicht mitgerechnet. Im ersten Teil enthielt die Setlist ein paar von Darrel geschriebene Songs, darunter ganz am Ende auch unser Duett, das heute Socks mit Sarah singen wollte oder musste, und hauptsächlich schottische und englische Traditionals, die sie jedoch nicht ganz so schnell spielen wollten wie früher in den Londoner Pubs. Im zweiten Teil sollten ausschließlich von Socks geschriebene Songs folgen.

Kenneth war ein sehr freundlicher und humorvoller Mittfünfziger, mit dem ich mich auf Anhieb gut verstand. Er arbeitete hauptberuflich als Klavierlehrer an einer Musikschule. Er war sichtlich müde, nachdem er sich am frühen Nachmittag eine Stunde lang an der Kinderbespaßung im kleinen Gastraum beteiligt und von vier Uhr bis zum Abendessen im Saal gespielt hatte, mit lediglich zehn Minuten Pause pro Stunde. Aber sein Arbeitstag war noch nicht vorbei. Er sollte auf jeden Fall noch in der Pause zwischen den beiden Gigteilen und bei Bedarf auch danach als Pseudo-DJ fungieren. Aber das Anstrengendste hatte er hinter sich.

Auf dem Tisch standen die beiden Trinkgeldboxen: seine und die der Band. Daneben lag ein Stapel mit den CDs, die bereits im Vorfeld signiert worden waren. Ich bezweifelte stark, dass Interesse daran bestand, drehte meinen Stuhl aber brav in Richtung der anderen Tische und der Bühne und schlug meine Beine übereinander, als Maggie mich darum bat. Sie setzte ihre Hoffnung offenbar auf die schwarze Spitzenstrumpfhose, die ich zu meinem schlichten Etuikleid trug, und behielt recht. Die folgende Viertelstunde verbrachte ich in Gedanken mit der Frage, wie tief man im Musikgeschäft noch sinken konnte, kam jedoch zu keinem befriedigenden Ergebnis.

Sarah strahlte jeden an, der sich unserem Tisch näherte, und schwärmte zu gleichen Teilen von Dylan und den Aufnahmen im Tonstudio, während sie selbstvergessen ihr Bäuchlein streichelte. Ich hatte sie noch nie so viel an einem einzigen Abend reden gehört. Statt sich schleunigst aus dem Staub zu machen, lächelten diese freundlichen Menschen Sarah an, und einige kauften auch eine CD, bei der sie auf Wunsch eine persönliche Widmung ergänzte.

Andy beobachtete das Treiben lächelnd und blinzelte mir hin und wieder aufmunternd zu, während ich mir mit meinem bestrumpften Fahrgestell wie eine Animierdame vorkam. Meiner Meinung nach hatte Sarahs Bäuchlein in Kombination mit den hübschen Grübchen, die sie beim Dauerlächeln präsentierte, eine größere Wirkung als meine Stelzen, die vor meinen Augen immer länger zu werden schienen. Zum Glück übernahm Maggie den CD-Verkauf, als Sarah auf die Bühne ging. Ich hätte kein Wort herausgebracht.

Sarahs Auftritt verlief völlig reibungslos und ich bewunderte ehrlich die Souveränität, mit der sie die Sache durchzog.

»Ich will kein Spielverderber sein, aber sie knickst wie bei einer Schulaufführung«, war Maggies trockener Kommentar, als Sarah mit strahlendem Gesicht neben einem nicht minder strahlenden Dylan den Applaus entgegennahm, während der Rest der Band bereits die Bühne verließ.

Maggie blieb während der Pause am Tisch bei den CDs, wo Sarah sie kurz darauf wieder unterstützen wollte. Aber Andy und ich taten, was Groupies eben bei jeder sich bietenden Gelegenheit so tun: Wir rückten rücksichtslos unseren jeweiligen Lieblingsbandmitgliedern auf die Pelle, als die noch einmal das verschwitzte Outfit gegen ein frisches tauschten und ein wenig Atem schöpften, bevor es weiterging.

Nach *Stock Figures*, dem ersten Song nach der Pause, herrschte unter den älteren Gästen eine gewisse Aufbruchstimmung, mit der wir jedoch im Vorfeld gerechnet hatten. Dafür hatten jüngere Semester die Tanzfläche entdeckt. Insgeheim fragte ich mich, ob es eigentlich fair gewesen war, diesen reizenden und großzügigen Leuten eine CD anzudrehen, die lediglich zwei der im ersten Teil gespielten Songs und ansonsten Socks' Kompositionen enthielt.

215

Doch ich beruhigte mein schlechtes Gewissen damit, dass sie zur Not das Cover rahmen und an die Wand hängen konnten, denn James hatte auf unvergleichliche Weise Darrels Verstandkillerlächeln als ausdrucksstarke Bleistiftzeichnung eingefangen, was bei der weiblichen Kundschaft eventuell die Kaufentscheidung mehr beeinflusst hatte als Sarahs Bäuchlein und erst recht meine Beine. Dass es in der Musikbranche nicht ausschließlich um Musik ging, hatte mir Andy bereits zu Beginn des Abends augenzwinkernd erklärt.

Nach sechs Zugaben sangen alle Bandmitglieder a cappella das schottische Traditional *The Parting Glass*, ein beliebtes Abschiedslied, und einige Gäste sangen begeistert mit. Für Andy und mich war es das Zeichen, den Backstageraum aufzusuchen, denn danach war endgültig Feierabend. Wir verabschiedeten uns herzlich von Kenneth, dessen Arbeit nun weiterging. Maggie, die mit Sarah und deren Bauch noch ein wenig am Tisch sitzen bleiben wollte, schenkte ihm eine CD, über die er sich ehrlich zu freuen schien. Ob sie ihn wie ich spontan sehr mochte oder in ihm eher den Hobby-DJ sah, blieb für immer ihr Geheimnis.

Backstage herrschte die übliche schräge Stimmung. Darrel saß in einer Ecke und trank in kleinen Schlucken von seinem Saftschorle. James hatte sein T-Shirt ausgezogen, das er bei diesem Gig getragen hatte, weil ihm seine Smokinghemd-Konstruktion für solche Zwecke zu heikel erschienen war. Er machte dem Rest seines Ginger-Ales den Garaus und lüftete sich aus, wie er es nannte. Sean saß in einer anderen Ecke mit seinem Wasser und beobachtete schmunzelnd Socks und Dylan, die einen Reel tanzten. Die dazugehörige Musik existierte nur in ihren Köpfen. Dennoch hielten sie sauber den Takt. Ich ging zu Darrel, der mich bat, mich rittlings auf seinen Schoß zu setzen, damit er mich fest umarmen konnte. Er war etwas blass um die Nase und zitterte ein wenig. Andy nahm neben James Platz und fächelte ihm grinsend Luft zu.

Es klopfte, die Tür ging auf, und im selben Moment griff mir Socks unter die Arme und zog mich ruckartig hoch. Kaum war ich auf den Beinen und fragte mich noch, was los war, bugsierte er mich neben sich und vor James, dem Andy geistesgegenwärtig das feuchte T-Shirt reichte. Um ein frisches aus der Tasche zu holen, fehlte definitiv die Zeit. Im Nachhinein erschien mir Socks' blitzschnelle Reaktion auf Berties Eintreten, dem eine alte Dame folgte, geradezu rekordverdächtig.

Bertie hatte strahlende Laune und offensichtlich einen kleinen Schwips, was bei einem Gastgeber um die Tageszeit kein Wunder war. Er stellte uns alle seiner Mutter vor, um die es sich bei seiner Begleiterin handelte. Sie schien die Achtzig weit hinter sich gelassen zu haben, war aber erstaunlich rüstig für ihr Alter.

»Ihr habt zum Schluss so schön gesungen. Da wollte ich euch kennenlernen und etwas geben!«, verkündete sie mit leuchtenden Wangen und glänzenden Augen. »Ich habe das Lied schon so lange nicht mehr gehört!«

Sie drückte jedem Bandmitglied einen zusammengefalteten Geldschein in die Hand, und alle bedankten sich artig lächelnd. Nur Socks setzte einen drauf, verbeugte sich vor ihr und forderte sie zum Tanz auf.

»Ohne Musik?«, fragte sie kichernd.

Doch da tanzte er schon mit ihr durch den kleinen Raum und sang ein paar Verse aus *The Parting Glass*, bis sie vor Lachen nicht mehr konnte:

»Of all the comrades that e'er I had
They're sorry for my going away
And all the sweethearts that e'er I had
They'd wish me one more day to stay
But since it fell unto my lot
That I should rise and you should not
I gently rise and softly call
Good night and joy be to you all«

»Der ist gefährlich!«, warnte sie mich und deutete mit dem Finger auf den verschmitzt grinsenden Socks. Dann tätschelte sie Darrel, der lächelnd neben mir stand, mit gerührtem Blick die Wange. »Es ist sehr lieb von den anderen, dass sie dich schon mitspielen lassen. Darfst du denn so spät noch auftreten?«

»Ich bin über achtzehn«, antwortete er völlig verdattert, aber wahrheitsgemäß.

Bertie bedankte sich noch einmal bei allen und äußerte die Hoffnung, dass sie auch bei seinem nächsten vierzigsten Geburtstag wieder dabei sein würden.

»Was war das?«, fragte James lachend, als die beiden gegangen waren.

»Ein langsamer Foxtrott!«, antwortete Socks. »Dennoch stehe ich hier nicht als der größte Trottel da, obwohl ich mir solche Mühe gegeben habe«, lästerte er und schlug Darrel grinsend auf die Schulter.

»Ich kann es verkraften«, meinte der und zeigte mir den zusammengefalteten Schein, den er erhalten hatte. Matthew Boulton lächelte mir milde entgegen. Es waren also fünfzig Pfund.

»Zum Glück war ihr Sohn dabei«, meinte Socks trocken. »Er kann ihr morgen sagen, wo ihr Geld geblieben ist, falls sie es nicht mehr weiß. Sie hat weit mehr als ein Abschiedsglas intus.«

»Woher kennt ihr eigentlich Bertie?«, fragte ich verwirrt.

»Ich hatte vor Jahren einmal beruflich mit einer Person aus seinem engeren Umfeld zu tun«, war Seans kryptische Antwort. »Der Rest ist ein Berufsgeheimnis.«

Kurz wunderte ich mich, was ein Mitarbeiter der Londoner Drogenberatung beruflich mit reichen Geschäftsleuten aus Basingstoke zu schaffen haben konnte. Dann begriff ich es.

Auf der Heimfahrt saßen James, Darrel und ich bei Andy im Auto. Darrel und ich kuschelten uns auf der Rückbank aneinander. Er hatte mir seinen schwarzen Hut schief aufgesetzt, flüsterte mir aberwitzige Komplimente ins Ohr und versuchte, mich zu überreden, mir ebenfalls einen zuzulegen.

James stellte die Rückenlehne des Beifahrersitzes ein wenig schräg, um besser schlafen zu können.

»Und ich dachte, ich bin das kurioseste Groupie, das ihr jemals haben werdet«, meinte Andy, als wir die Lichter von Basingstoke hinter uns gelassen hatten. »So kann man sich irren.«

***

Ich hätte bei Andy mitfahren sollen, dachte Socks, als Fred auch auf der Heimfahrt immer wieder betonte, wie genial sein Auftrag war, weil ein Fahrer aus Basingstoke, im Gegensatz zu ihm, dort wesentlich früher losfahren müsste, wesentlich später als er wieder zu Hause wäre und mehr Benzin bräuchte.

Mann! Unser Endlosgedicht ergibt mehr Sinn als das Dauergequatsche dieses Spinners! Ja, ich hätte bei Andy mitfahren und mich zu dem Liebespaar auf die Rückbank quetschen sollen. Die halten beim Knutschen das Maul, und Lou hat sich ohnehin in die Mitte gesetzt, um ganz nah bei ihrem Hut-Putto zu sein. Der sieht nach dem Gig zwar aus wie an die Wand gespuckt, aber ihr muss der Geruch der Tinte auf dem Trauschein endgültig und dauerhaft die Sinne vernebelt haben.

Doch nicht nur Fred war mit dem Tag vollauf zufrieden. Hinten im Van herrschte ebenfalls ausgezeichnete Stimmung, denn Sarah teilte großzügig ihre Eindrücke und Gefühle bei ihrem Auftritt mit den anderen.

Die redet heute mehr als in den ganzen Monaten seit ihrer Ankunft zusammen! Getrunken kann sie nichts haben. Da wäre Maggie handgreiflich geworden. Aber so viel Adrenalin kann auch nicht gut sein fürs Kind. Es soll doch nicht werden wie ich!

Socks schaltete, so gut es ging, seine Ohren auf Durchzug und starrte gedankenverloren die hellen Scheinwerfer der entgegenkommenden Autos an. Er zog sein ausgeschaltetes Telefon aus der Tasche und betrachtete es im schwachen Licht, das ab und zu hereinfiel. Dann strich er sanft mit den Fingern darüber und steckte es wieder weg.

10. Antwort: 42

Wie alt ist eigentlich Socks?«, fragte mich Tamsin am Donnerstag, als wir nach der Arbeit in einem Chinarestaurant saßen. Ich hatte mich über ihren Vorschlag, hier zu Abend zu essen, unheimlich gefreut, da sie in letzter Zeit sehr ernst und nachdenklich gewirkt hatte. Wenn sie etwas auf dem Herzen hatte, war ein Restaurantbesuch besser geeignet, um es sich von der Seele zu reden, als die kurze Mittagspause. Aber mit dieser Frage hatte ich nicht gerechnet.

Mir fiel Socks' merkwürdige Bitte vor dem Tonstudio ein und ich antwortete grinsend: »Zweiundvierzig.«

Sie starrte mich völlig entgeistert an, und mir dämmerte, dass ich vermutlich mal wieder bis zur Halskrause im Fettnapf stand. Darin war ich sehr talentiert.

»Er hat mit dir über mich gesprochen«, stellte sie fest und stierte auf ihren Teller.

»Nein, er hat dich nie erwähnt«, beeilte ich mich, das richtigzustellen. »Er hat mich nur einmal vor ein paar Wochen gebeten, das zu antworten, wenn eine Frau danach fragt. Irgendeine Frau.«

»Und du hast dich nicht nach dem Grund erkundigt?«

»Nein.«

»Wir sind uns sehr ähnlich. Ich frage auch zu wenig nach.«

»Wenn ich in dem Haus bei jeder Verrücktheit ausführlich nach den Ursachen forschen wollte, müsste ich entweder meinen Job kündigen oder auf den Schlaf verzichten.«

»Du nimmst alles hin?«

Ich lachte. »Das klingt, als sei ich ein dussliges, duldsames Opfer, aber die meisten Sachen stellen sich als völlig harmlos heraus. Der Wahnsinn hat Methode.«

»Auch bei Socks?«

»Was hast du denn mit ihm zu schaffen? Ich dachte, du triffst dich mit Stan.« Ich war verwirrt.

»Ich habe dir etwas verheimlicht«, gestand Tamsin. »Bitte sei mir nicht böse.«

»Nur weil wir befreundet sind, musst du mir nicht zwangsläufig immer alles erzählen. Es gibt Dinge, die so privat sind, dass sie auch eine Freundin nichts angehen.«

»Das ist schön, dass du das so siehst. Meine alte Schulfreundin Eva erzählt mir am Telefon haarklein alles und erwartet, dass ich mich revanchiere. Sie scheint zu glauben, dass uns das auf besondere Weise zusammenschweißt. Ich weiß immer gar nicht, was ich sagen soll. Und es interessiert mich auch überhaupt nicht, welche Stellungen sie im Bett bevorzugt. Zum Glück wohnt sie in Leeds und sieht mein Gesicht nicht, wenn sie mit mir spricht.«

Ich spürte, dass ich wie auf Kommando knallrot wurde. Nein, bestimmte Dinge gingen tatsächlich niemanden außer Darrel und mich etwas an.

Tamsin lachte. »Ich sehe dir an, dass ich bei dir nichts zu befürchten habe. Aber ich muss dir ein Geständnis machen: Stan ist in Wirklichkeit Socks.

Es war nur ein Witz. Er dachte, ich wusste, wer er war. Und dir gegenüber habe ich den Namen beibehalten, weil ihr befreundet seid. Ich nahm anfangs an, das sei nur eine kurze Affäre.«

Ich erinnerte mich an das Wenige, das sie mir vor Monaten über ihn erzählt hatte. Ja, die Sprüche passten zu ihm. Aber anderes wiederum gar nicht. »Und ihr trefft euch weiterhin?«, rutschte mir heraus, und mein Gesicht wurde noch röter, als mir im selben Moment klar wurde, dass ich gerade noch tiefer in den Fettnapf sank.

»Du bringst die Sache wie immer sofort auf den Punkt: Warum trifft er sich seit Monaten mit mir? Ich weiß es nicht. Ich weiß nur, dass ich mich in den Dreckskerl verliebt habe und die Sache als Desaster enden wird.«

»Seit Monaten? Wie oft?«

»Unterschiedlich. Manchmal fast jeden zweiten Tag. Manchmal nur einmal in der Woche. – Ja, mit Socks. Verwechslung ausgeschlossen, falls das deine nächste Frage wäre.« Sie lächelte.

Das mochte ich so an ihr, dass ihr auch in solchen Situationen nie der Humor abhandenkam. »Gut. Um auf deine Ausgangsfrage zurückzukommen: Er ist achtundzwanzig.«

»Wirklich?«

»Irrtum ausgeschlossen. Warum willst du das eigentlich wissen?«, erkundigte ich mich.

»Er wirkt jünger. Manchmal.«

»Das liegt daran, dass wir uns alle wie Teenager aufführen und uns dabei noch gegenseitig anstacheln. Aber ich weiß von Darrel, dass alle außer

Sean zwei Jahre älter sind als er. Und Socks hatte Ende April Geburtstag.«

»Hat er mir gar nicht erzählt.« Tamsin saß da wie ein Häufchen Elend, und ich krallte mich im Geiste verzweifelt am Rand meines Riesenfettnapfs fest, um nicht endgültig darin zu versinken.

»Er ist bei so Sachen sehr verschlossen«, versuchte ich, sie zu trösten. »Mit uns hätte er am liebsten auch nicht gefeiert, aber wir haben ihn gefügig gemacht.«

»Er rief mich mal an und bat mich um Hilfe, weil ihr ihn gezwungen hattet, Früchtekuchen zu essen.« Sie lächelte wehmütig.

»Nein, das war Sarah, als wir renovierten. Das waren aber mehr so ganz subtile, psychologische Druckmittel. Wir haben ihn nicht gepackt und damit gestopft.«

»Dann bin ich ja beruhigt. Und du bist dir sicher, dass ihr alle schon über zwanzig seid?« Sie schmunzelte.

»Warum ist dir unser Alter so wichtig?«

»Weil ich dieses Jahr vierunddreißig werde.«

»Und was hat das mit Socks zu tun?«

»Er ist sechs Jahre jünger als ich. Bis eben dachte ich noch, es seien über zwölf.« Sie lachte verlegen.

»Iss weiter. Dein Essen wird sonst kalt.«

»Anfangs war mir das egal. Aber jetzt denke ich, dass wir nicht zusammenpassen.«

»Ihr passt hervorragend zusammen, denn er stellt sich bei zwischenmenschlichen Dingen genauso umständlich an wie du gerade.«

»Du findest es doch aber auch merkwürdig, dass er sich seit Monaten mit mir trifft.«

»Nein. Ich finde es nur merkwürdig, dass ihr das geheim haltet.«

»Soll ich mir ein T-Shirt bedrucken lassen? *Socks' Casanova-Matratze – Allzeit bereit!*«

»So siehst du eure Beziehung?« Ich war ehrlich erstaunt.

»Wir haben keine Beziehung. Er ruft an und fragt, ob er mich besuchen darf, und ich sage sofort Ja, wenn ich Zeit habe. Das ist meistens der Fall.«

»Aha. Und du rufst ihn nie an?«

»Nein. Den Rest der Zeit frage ich mich, in welchen Betten er sich wohl gerade herumtreibt.«

»Ich kann da ganz schlecht etwas dazu sagen. Aber die hatten in den letzten Wochen viele Proben angesetzt, und diese Woche zum Beispiel arbeitet er abends lange und war danach bei uns.«

»Bei euch?«

»Ja, wir teilen neuerdings das Wohnzimmer mit ihm und lesen oder quatschen. An irgendeinem der Abende waren Darrel und Socks zusammen im Proberaum. Kann natürlich auch ein Bordell gewesen sein. Ich habe vergessen, ihnen nachzuspionieren.«

»Du willst damit andeuten, dass ich ihm vertrauen soll.« Tamsin lächelte. »So einfach ist es nicht. Du und Darrel seid euch einig. Ihr führt eine Ehe, eine feste Beziehung. Socks hat mir nicht ewige Treue geschworen. Er hat mir gar nichts versprochen. Und ich kann nichts einfordern.«

»Sag ihm, dass du ihn liebst. Dann rennt er entweder schreiend davon oder spricht von seinen Gefühlen.«

»Ich habe schon versucht, eine Entscheidung herbeizuführen. Als meine Mutter den Bänderanriss hatte, habe ich es ihm offen gesagt, dass ich keine Zeit für ihn habe, weil ich mich um sie kümmern muss. Aber wir haben uns in der Folge lediglich seltener gesehen. Ich dachte, so viel Biederkeit schreckt ihn ab, aber es schien für ihn okay zu sein. Vermutlich hatte er woanders Ersatz. Letzten Samstag rief er mich von Basingstoke aus an. Am Sonntag kam er vorbei, und ich dachte, wir machen auch mal wieder was außerhalb meines Schlafzimmers. Aber so gegen vier zog er sich plötzlich an und verabschiedete sich. Das hat mich so verletzt, dass ich diese Woche keine Zeit für ihn haben will.«

»Das, was du da machst, klingt wie ein Pokerspiel. Die hatten übrigens eine Bandprobe am Sonntag, weil sie einen neuen Song üben wollen.«

Sie starrte mich an und sagte nichts.

»Tamsin, es tut mir leid. Ich wollte dich nicht verletzen!«, entschuldigte ich mich sofort. »Bitte verzeih mir!«

»Das war eine volle Breitseite.« Sie lächelte. »Aber vielleicht habe ich das verdient. Eine ehrliche, aufrichtige, vertrauensvolle Beziehung kann man auf diese Weise sicherlich nicht anstreben. Da hast du völlig recht.«

»Ich sollte den Mund halten.«

»Nein, sag mir offen, was du denkst. Deshalb erzähle ich es dir ja. Mit meiner Methode komme ich keinen Schritt weiter. Vielleicht sollte ich deine ausprobieren. Ich bin nur dazu erzogen worden, dass der Mann den ersten Schritt macht. Doch in meinem Fall macht der keine Liebeserklärung, sondern

227

Witze und zieht sich und mir grinsend die Hosen aus. Darauf hat mich meine Mutter nicht vorbereitet. Die hat schwer geschluckt, als ich sie bat, sich herauszuhalten. Die sah in ihm schon wieder einen Heiratskandidaten am Horizont. Dass es ein heimlicher Liebhaber ist und bleibt, trifft sie sehr. Was sollen nur die Nachbarn denken?«

»Mich hat meine Erzeugerin auch nicht auf die Wirklichkeit vorbreitet. Ich habe inzwischen meine ganze Erziehung über Bord geworfen und mich selbst erzogen.«

»Und was rät dir deine Do-it-yourself-Erziehung in solchen Situationen wie meiner?«

»Sag ihm, was du fühlst. Erzähle ihm zum Beispiel von deiner Eifersucht. Socks braucht manchmal eine Weile, bis er jemanden als menschliches Wesen und nicht nur als Raumteiler wahrnimmt. Aber dann scheint es ihm wichtig zu sein, denjenigen nicht zu verletzen.«

»Vielleicht gehöre ich in seinen Augen aber zum Bettzeug.«

»Nach so langer Zeit?«

»Er hat mir mal so ganz verklausuliert mitgeteilt, dass er nur noch für mich da sei. Wir machen immer noch diese Witze über den Sicherheitsdienst, weißt du? Und er meinte, ich sei jetzt seine einzige Kundin. Aber das sagen sie doch alle, und es stimmt nicht.«

»Wenn er es von sich aus so ausdrückt und sich nicht dazu genötigt fühlt, würde ich es ihm glauben.«

Tamsin saß da wie vom Donner gerührt.

»Ich kann für ihn nicht die Hand ins Feuer legen«, beeilte ich mich, die Aussage zu relativieren. »Ich sage dir nur, wie ich an deiner Stelle die Sache einschätzen würde.«

»Ich bin so gemein zu ihm.«

»Inwiefern?«

»Die ganze Zeit halte ich ihn für einen Schwindler und kümmere mich um meinen Selbstschutz, damit mir bloß nichts passiert. Aber gleichzeitig bin ich unaufrichtig und spiele alberne Spielchen. Ich bin kein Gramm besser als er.«

»Ich bin mehr der Typ, der sich treudoof, kopfüber und voller Vertrauen in die Sache stürzt und hofft, dass es gutgeht. Das ging schon einmal mächtig schief, als ich wegen eines Mannes nach London zog und feststellen musste, dass er hier seit Jahren den glücklichen und treuen Familienvater spielt. Nur auf Geschäftsreisen nach Deutschland mimte er den einsamen Single. Ich hatte kein einziges Mal im Internet nach ihm gesucht, weil ich ihm blind vertraut hatte. Aber mit Darrel ging dafür bis jetzt alles gut. Meine Methode hat also ihre Vor- und Nachteile und ist nicht uneingeschränkt empfehlenswert.«

»Wann hast du bei Darrel die schützende Deckung verlassen?«

»Mehr oder weniger sofort. Ich tauchte bei unserem ersten Date viel zu früh auf, weil ich auf keinen Fall zu spät kommen wollte.«

»Und er kam zu spät?«

»Nein, er war schon da. Wäre ich nicht zu früh hingegangen, wüsste ich heute nicht, wie wichtig ich ihm offensichtlich war.«

Sie starrte mich an. Dann seufzte sie. »Ich hätte mich irgendwo ungeduldig herumgedrückt und wäre zehn Minuten zu spät gekommen, um zu sehen, ob er wartet, ich dummes Huhn. Dabei bin ich sonst gar nicht so intrigant. Das ist nur das, was alle mir immer wieder eingetrichtert haben. Nicht nur meine Mutter, sondern auch Klassenkameradinnen und andere Bekannte. Das ist doch bescheuert!« Sie redete sich in Rage. »Alle behaupten: *Man muss sich interessant machen und darf bloß nicht seine Gefühle zu früh offenbaren. Denn Männer wollen erobern und nicht erobert werden.* Wie soll man auf so primitive Tricks eine ehrliche Beziehung aufbauen?«

»Man kann höchstens auf ehrliche Tricks eine primitive Beziehung aufbauen.«

»Ja, mach dich über mich lustig. Ich habe mir das mit meinen Tricks ehrlich verdient.« Sie lachte. »Und was mache ich jetzt?«

»Ruf ihn an und sag ihm, dass du ihn liebst.«

»Und wenn er einen Angstschrei ausstößt und auflegt?«

»Warum sollte er?«

»Warum sollte er nicht?«

»Womit wir beim Kapitel *Selbstwertgefühl* wären. Sorry! Damit kenne ich mich leider überhaupt nicht aus.«

»Schade. Ich dachte, du kannst mir helfen.« Sie lachte und aß endlich ihren Teller leer. Das Zeug war mittlerweile sicherlich eiskalt.

***

»Man ruft mich. Hier bin ich.« Socks schenkte Tamsin sein Gewinnerlächeln, als sie ihm am Freitagabend die Tür öffnete.

»Wenn ich dich so grinsen sehe, frage ich mich immer: *Was will der Kerl von mir*?« Tamsin lachte und schloss die Tür hinter ihm.

»Irgendwas mit Bienen und Blüten. Aber die Theorie habe ich nie so recht verstanden. Ich erarbeite mir mein Wissen lieber durch praktische Übungen während Hausbesuchen. Die haben auch den Vorteil, dass ich bei mir weder aufräumen noch heizen muss.«

»Heizen? Im Juni?«

»Frauen haben doch selbst bei vierzig Grad im Schatten kalte Füße.«

»Kann ich dir etwas anbieten? Weißwein, Wasser, ein schreckliches, grünes Foltergebräu, das schwach nach Jasmin riecht?«

»Fifty Shades of Green? Ich stehe nicht auf Sadomaso-Teespiele und nehme lieber den Wein.«

Er folgte ihr in die Küche und beobachtete lächelnd, wie sie die Flasche öffnete. »Ja, schön die Muskeln anspannen! Wow! Da stehe ich drauf!«

»Wenn du frech wirst, kaufe ich in Zukunft Plörre mit Schraubverschluss!«, drohte sie lachend.

»Solange du keinen Tee kochst, bin ich leidensfähig und würde selbst beim Anblick eines Tetrapacks nicht mit der Wimper zucken, sondern nur still vor mich hin weinen.«

Tamsin nahm die Flasche und zwei Gläser ins Wohnzimmer mit, und er folgte ihr.

»Ich habe gestern Lou gefragt, wie alt du bist«, erwähnte Tamsin gespielt beiläufig.

»Und?« Er ließ sich auf die Couch fallen, und sie setzte sich neben ihn.

»Sie stieg mit zweiundvierzig ein, aber ich konnte sie auf achtundzwanzig herunterhandeln. Vermutlich ein Freundschaftspreis.«

Socks legte ihr den Arm um die Schultern und küsste ihren Hals. »Ist das wichtig?«

»Ich weiß es nicht. Wie siehst du das?«

»Dann vergiss es.«

»Stört es dich nicht?«

»Ich liege dafür bei der Körpergröße, der Schuhgröße und der Daumenbreite eindeutig vorn. Bei irgendetwas muss ich dich doch gewinnen lassen, damit du keinen Minderwertigkeitskomplex bekommst.«

»Ich dachte lange, du bist noch jünger.«

»Da muss ich dich leider enttäuschen. Ich hoffe, ich bin dir nicht zu alt. Suchst du dir jetzt was Jüngeres?«

Tamsin küsste ihn.

»Ich verspreche dir, dass ich mir ganz viel Mühe gebe, auch dreiunddreißig zu werden. Gib mir ein bisschen Zeit, ja?« Er spielte mit ihrem Haar. »Wenn ich dir so in die Augen sehe, frage ich mich immer, was eine so wundervolle Frau wie du mit einem Typen wie mir im Bett will«, flüsterte er.

»Willst du jetzt unanständige Sachen von mir hören?« Tamsin lachte leise.

»Es gibt doch Millionen Männer, die dich mehr verdient hätten als ich.«

»Zuallererst ist das da drüben mein Bett, in dem ich wollen kann, was ich will. Ich liege nämlich öfter dort als diese anderen Männer.«

»Ups! Mein Fehler! Soll ich gehen?«

»Wenn du schon mal hier bist, kannst du auch bleiben.« Tamsin knöpfte sein Hemd auf.

»Immerhin hast du mich gerufen.« Er küsste sie. Dann flüsterte er: »Danke für den Anruf.«

»Ich wollte mal überprüfen, ob die Telefonverbindung auch in die andere Richtung funktioniert.«

»Du bist so wunderschön, aber das kann ich dir nicht sagen, weil du sonst eingebildet wirst.«

»Du siehst auch nicht schlecht aus, wenn man bedenkt, dass du gar nicht mein Typ bist«, neckte sie ihn.

»Ich bin nicht dein Typ, du kannst meine Musik nicht ausstehen, gibt es eigentlich auch etwas, was dir an mir gefällt? Sag jetzt bitte nichts Unanständiges!«

»Deine Schuhe sind sehr schön geputzt, und ich mag die zwei Songs von Darrel auf der CD, die du mir vor zwei Wochen mitgebracht hast.«

»Du bist so ziemlich das mieseste Groupie von ganz London, aber ich kann das ab. Mein übergroßes Ego als Songwriter steckt das locker weg.«

Sein Mobiltelefon klingelte.

Socks warf einen Blick auf das Display. »Ich bringe ihn um!«, murmelte er und nahm den Anruf entgegen. »Mach dein Testament und küss deine zukünftige Witwe zum Abschied!«

»Alles klar bei dir?«, fragte Darrel lachend.

»Du willst von mir jetzt aber keine Details wissen, oder?«

»Nein, danke! Ich warte gern, bis du in deinen Memoiren die Tatsachen verdrehst. Kommst du wie ein Bandmitglied heute Abend zur Probe oder wie ein Kater erst im Morgengrauen durchs Katzentürchen?«

»Ups! Sorry! Das habe ich ganz vergessen!«

»Wenn du etwas Besseres vorhast, bleib ruhig, wo du bist. Ich kann gern mal für dich einspringen. Hier sind zum Glück lauter seriöse Musiker versammelt, die nicht gehässig lachen, sobald sie meine Stimme hören.« Im Hintergrund erklang mehrstimmiges Gelächter.

»Hey, danke! Und tut mir ehrlich leid, dass ich das verschwitzt habe.«

»Macht doch nichts! Kann jedem passieren, dass er alt und senil wird. Schönen Abend noch!« Darrel beendete das Gespräch.

»Musst du weg?«, fragte Tamsin, als Socks das Telefon ausschaltete und in der Innentasche seines Jacketts versenkte, das an der Garderobe hing.

»Nein. Ich bleibe bei dir. Wenn du mich gern wieder loswerden möchtest, musst du dir etwas anderes ausdenken, als meinen besten Freund auf mich anzusetzen. Der ist definitiv zu gutmütig für diese böse Welt.«

Socks wachte auf und musste sich kurz orientieren, wo er war. Durch den Spalt zwischen den Vorhängen fiel etwas Licht in Tamsins Schlafzimmer. Die Satinbettwäsche raschelte, als er vorsichtig aufstand und in die Unterhose schlüpfte. Er ging so leise wie möglich ins Bad und machte auf dem Rückweg einen Abstecher ins Wohnzimmer, um auf die Uhr zu schauen: viertel nach fünf. Er seufzte und streckte sich. *Was mache ich jetzt in den gefühlt zehn Stunden, bis sie ausgeschlafen hat?*

Er warf einen Blick ins Bücherregal und schmunzelte. Die coole, lässige und nie um eine Antwort verlegene Tamsin las offensichtlich gern Liebesromane. Er griff wahllos einen Band heraus und überflog die letzten zwei Seiten.

Puh! Glück gehabt! Sie haben einander gekriegt! Er ist nicht nach Acapulco ausgewandert, um eine Strandbar für einsame Singles zu eröffnen, und sie ist nicht in ein Nonnenkloster eingetreten – oder umgekehrt.

Grinsend stellte er das Buch zurück und holte sich das Mobiltelefon und sein Notizbuch aus seinem Jackett an der Garderobe. Dann schlüpfte er wieder leise ins Schlafzimmer und bei Tamsin unter die Decke.

An Schlaf war nicht mehr zu denken. Er schaltete das Telefon ein und las die Schlagzeilen und vier Artikel auf einer Nachrichtenseite. Neben ihm drehte sich Tamsin um und murmelte etwas Unverständliches. Er betrachtete sie lächelnd eine Weile. Dann beschäftigte er sich mit seinem Smartphone.

»Was machst du?«, flüsterte sie und gähnte. »Schreibst du deinen Freunden und Bekannten, wie ich war?«

»Ich bin doch nicht bescheuert! Danach stehen die Typen, die dein Typ sind, bei dir Schlange, und ich bekomme mit meiner langweiligen Haarfarbe kein Date mehr!«

»Du kannst dich ja blondieren lassen oder mir in einem Groupie-Bewertungs-Portal eine schlechte Beurteilung schreiben: *Ein Stern für Tamsin, weil sie* stinkenden Tee kocht, ich nicht ihr Typ bin, sie unsere Musik nicht leiden kann und nicht einmal unseren so was von gutaussehenden Sänger erkennt, wenn sie ihn an der Bar trifft. Als Groupie ein Totalausfall, das Weibsbild!«

Er küsste sie. »Schlaf weiter! Es ist noch nicht mal sechs.«

»Lenk nicht vom Thema ab«, murmelte sie und kuschelte sich in ihr Kissen.

»Ich lösche nur ein paar Nummern aus meinem Adressbuch, die ich nicht mehr brauche.«

»War ich so mies, dass du meine Nummer löschst?«

»Nein, deine behalte ich. Irgendein Hobby braucht der Mensch. Schlaf weiter.«

»Warum schläfst du nicht?«

»Ich brauche nicht so viel Schlaf wie der Durchschnitt der Bevölkerung. Das war schon in meiner Kindheit so.«

»Du Ärmster! Deshalb haust du nachts immer heimlich ab.«

»Schlaf weiter. Je mehr du plapperst, desto wacher wirst du und desto länger brauchst du zum Einschlafen. Dann bekomme ich dich vor Mittag überhaupt nicht aus dem Bett.«

»Bleibst du zum Frühstück?«

»Das war mein Plan. Darf ich?«

»Wenn du um neun noch hier bist, bringe ich dir einen Kaffee ans Bett.«

»Du hast Kaffee da?«

»Habe ich für dich gekauft.«

»Du hast doch gar keine Kaffeemaschine.«

»Habe ich auch gekauft.« Sie gähnte. »Und Filtertüten.«

Er streichelte ihre Wange und lachte lautlos in sich hinein.

»Ich muss nur mal die Anleitung durchlesen«, murmelte sie schlaftrunken ins Kissen. »Also hau nicht gleich ab, wenn es später als neun wird.«

Socks lächelte sie zärtlich an und wartete einen Moment.

Dann flüsterte er: »Wenn du mit mir danach in der Hampstead Heath ein Picknick machst, kaufe ich dir auch ein riesengroßes Erdbeereis mit bunten Zuckerstreuseln, Sahne, geriebenem Parmesan und einer Olive.«

»Nett von dir ...«

»Wir können uns splitternackt in den strömenden Regen legen und harmlose Passanten mit deiner Unterwäsche bewerfen. Okay?«

»Mmh ...« Im nächsten Moment schien sie wieder eingeschlafen zu sein.

Socks betrachtete sie lächelnd eine Weile. *Sie hat Filtertüten für mich gekauft! Wer will da behaupten, die Romantik sei tot?* Er schob den Brief, den er ihr vor Wochen geschrieben und die ganze Zeit in seinem Notizbuch mit sich herumgetragen hatte, unter eine Ecke ihres Kopfkissens. Danach beschäftigte er sich weiterhin mit dem Löschen von Telefonnummern aus seinem Adressbuch. Er brauchte sie schon lange nicht mehr.

***

Am siebzehnten Oktober um zwei Uhr sechsunddreißig wurde Maia Rose Thomas geboren. Sie wog 3575 Gramm, war dunkelhaarig und hatte blaue Augen. Nachdem wir uns alle mit Dylan gefreut hatten, dass sie Sarahs Haarfarbe geerbt hatte, fielen die dunklen Haare nach und nach aus, hellblonder Flaum wuchs auf ihrem Kopf, und wir freuten uns alle mit Sarah, dass Maia Dylans Haarfarbe geerbt hatte.

Über die Autorin:
Louise Millicent Moran hat in ihrem Leben definitiv zu viele Liebeskomödien und Sitcoms gesehen, um ernsthafte Liebesromane schreiben zu können.

Über das Buch:
In diesen Roman ließ ich persönliche Erfahrungen einfließen. Dennoch sind die Personen und die Handlung frei erfunden. Etwaige Ähnlichkeiten mit tatsächlichen Begebenheiten oder lebenden oder verstorbenen Personen wären rein zufällig.

Über das Coverfoto:
In der St Paul's Cathedral befindet sich an der Kuppelbasis die Whispering Gallery, was sehr praktisch ist, weil unsportliche Leute wie ich nach all den Treppenstufen nur noch flüstern können.

Danksagung:
Ich bedanke mich ganz herzlich bei allen Menschen, die nie ihren Humor verlieren, freundlich und hilfsbereit sind, ohne eine Gegenleistung zu erwarten, und mich zu diesem Buch inspiriert haben. Ich liebe euch!